CW01020054

Rinconete and Cortadillo/Rinconete and Cortadillo

www.ediciones74.wordpress.com
edicionessetentaycuatro@gmail.com
Síguenos en facebook y twitter
España

Diseño cubierta y maquetación: R. Fresneda
Imprime: CreateSpace Independent Publishing
ISBN: 978-1545002841

1ª edición en Ediciones[74], febrero de 2017
Obra escrita por Miguel de Cervantes
Esta obra ha sido obtenida en www.wikisource.org

MIGUEL DE CERVANTES

RINCONETE Y CORTADILLO

RINCONETE AND CORTADILLO

NARRATIVA 74

Miguel de Cervantes
Rinconete y Cortadillo

En la venta del Molinillo, que está puesta en los fines de los famosos campos de Alcudia, como vamos de Castilla a la Andalucía, un día de los calurosos del verano, se hallaron en ella acaso dos muchachos de hasta edad de catorce a quince años: el uno ni el otro no pasaban de diez y siete; ambos de buena gracia, pero muy descosidos, rotos y maltratados; capa, no la tenían; los calzones eran de lienzo y las medias de carne. Bien es verdad que lo enmendaban los zapatos, porque los del uno eran alpargates, tan traídos como llevados, y los del otro picados y sin suelas, de manera que más le servían de cormas que de zapatos. Traía el uno montera verde de cazador, el otro un sombrero sin toquilla, bajo de copa y ancho de falda. A la espalda y ceñida por los pechos, traía el uno una camisa de color de camuza, encerrada y recogida toda en una manga; el otro venía escueto y sin alforjas, puesto que en el seno se le parecía un gran bulto, que, a lo que después pareció, era un cuello de los que llaman valones, almidonado con grasa, y tan deshilado de roto, que todo parecía hilachas. Venían en él envueltos y guardados unos naipes de figura ovada, porque de ejercitarlos se les habían gastado las puntas, y porque durasen más se las cercenaron y los dejaron de aquel talle. Estaban los dos quemados del sol, las uñas caireladas y las manos no muy limpias; el uno tenía una media espada, y el otro un cuchillo de cachas amarillas, que los suelen llamar vaqueros.

Saliéronse los dos a sestear en un portal, o cobertizo, que delante de la venta se hace; y, sentándose frontero el uno del otro, el que parecía de más edad dijo al más pequeño:

—¿De qué tierra es vuesa merced, señor gentilhombre, y para adónde bueno camina?

—Mi tierra, señor caballero —respondió el preguntado—, no la sé, ni para dónde camino, tampoco.

—Pues en verdad —dijo el mayor— que no parece vuesa merced del cielo, y que éste no es lugar para hacer su asiento en él; que por fuerza se ha de pasar adelante.

—Así es —respondió el mediano—, pero yo he dicho verdad en lo que he dicho, porque mi tierra no es mía, pues no tengo en ella más de un padre que no me tiene por hijo y una madrastra que me trata como alnado; el camino que llevo es a la ventura, y allí le daría fin donde hallase quien me diese lo necesario para pasar esta miserable vida.

—Y ¿sabe vuesa merced algún oficio? —Preguntó el grande.

Y el menor respondió:

—No sé otro sino que corro como una liebre, y salto como un gamo y corto de tijera muy delicadamente.

—Todo eso es muy bueno, útil y provechoso —dijo el grande—, porque habrá sacristán que le dé a vuesa merced la ofrenda de Todos Santos, porque para el Jueves Santo le corte florones de papel para el monumento.

—No es mi corte desa manera —respondió el menor—, sino que mi padre, por la misericordia del cielo, es sastre y calcetero, y me enseñó a cortar antiparas, que, como vuesa merced bien sabe, son medias calzas con avampiés, que por su propio nombre se suelen llamar polainas; y córtolas tan bien, que en verdad que me podría examinar de maestro, sino que la corta suerte me tiene arrinconado.

—Todo eso y más acontece por los buenos —respondió el grande—, y siempre he oído decir que las buenas habilidades son las más perdidas, pero aún edad tiene vuesa merced para enmendar su ventura. Mas, si yo no me engaño y el ojo no me miente, otras gracias tiene vuesa merced secretas, y no las quiere manifestar.

—Sí tengo —respondió el pequeño—, pero no son para en público, como vuesa merced ha muy bien apuntado.

A lo cual replicó el grande:

—Pues yo le sé decir que soy uno de los más secretos mozos que en gran parte se puedan hallar; y, para obligar a vuesa merced que descubra su pecho y descanse conmigo, le quiero obligar con descubrirle el mío primero; porque imagino que no sin misterio nos ha juntado aquí la suerte, y pienso que habemos de ser, déste hasta el último día de nuestra vida, verdaderos amigos. «Yo, señor hidalgo, soy natural de la Fuenfrida, lugar conocido y famoso por los ilustres pasajeros que por él de contino pasan; mi nombre es Pedro del Rincón; mi padre es persona de calidad, porque es ministro de la Santa Cruzada: quiero decir que es bulero, o buldero, como los llama el vulgo. Algunos días le acompañé en el oficio, y le aprendí de manera, que no daría ventaja en echar las bulas al que más presumiese en ello. Pero, habiéndome un día aficionado más al dinero de las bulas que a las mismas bulas, me abracé con un talego y di conmigo y con él en Madrid, donde con las comodidades que allí de ordinario se ofrecen, en pocos días saqué las entrañas al talego y le dejé con más dobleces que pañizuelo de desposado. Vino el que tenía a cargo el dinero tras mí, prendiéronme, tuve poco favor, aunque, viendo aquellos señores mi poca edad, se contentaron con que me arrimasen al aldabilla y me mosqueasen las espaldas por un rato, y con que saliese de esterrado por cuatro años de la Corte. Tuve paciencia, encogí los hombros, sufrí la tanda y mosqueo, y salí a cumplir mi destierro, con tanta prisa, que no tuve lugar de buscar cabalgaduras. Tomé de mis alhajas las que pude y las que me parecieron más necesarias, y entre ellas saqué estos naipes —y a este tiempo descubrió los que se han dicho, que en el cuello traía—, con los cuales he ganado mi vida por los mesones y ventas que hay desde Madrid aquí, jugando a la veintiuna;» y, aunque vuesa merced los vee tan astrosos y maltratados, usan de una maravillosa virtud con quien los entiende, que no alzará que no quede un as debajo. Y si vuesa merced es versado en este juego, verá cuánta ventaja lleva el que sabe que tiene cierto un as a la primera carta, que le puede servir de un punto y de once; que con esta ventaja, siendo la veintiuna envidada, el dinero se queda en casa. Fuera de esto, aprendí de un cocinero de un cierto embajador ciertas tretas de quínolas y del parar, a quien también llaman el andaboba; que, así como vuesa merced se puede examinar en el corte de sus antiparas, así puedo yo ser maestro en la ciencia vilhanesca. Con esto voy seguro de no morir de hambre, porque, aunque llegue a un cortijo, hay quien quiera pasar tiempo jugando un rato. Y de esto hemos de hacer luego la experiencia los dos: armemos la red, y veamos si cae algún pájaro de estos arrieros que aquí hay; quiero decir que jugaremos los dos a la veintiuna, como si fuese de veras; que si alguno quisiere ser tercero, él será el primero que deje la pecunia.

—Sea en buen hora —dijo el otro—, y en merced muy grande tengo la que vuesa merced me ha hecho en darme cuenta de su vida, con que me ha obligado a que yo no le encubra la mía, que, diciéndola más breve, es ésta: «yo nací en el piadoso lugar puesto entre Salamanca y Medina del Campo; mi padre es sastre, enseñóme su oficio, y de corte de tisera, con mi buen ingenio, salté a cortar bolsas. Enfadóme la vida estrecha del aldea y el desamorado trato de mi madrastra. Dejé mi pueblo, vine a Toledo a ejercitar mi oficio, y en él he hecho maravillas; porque no pende relicario de toca ni hay faldriquera tan escondida que mis dedos no visiten ni mis tiseras no corten, aunque le estén guardando con ojos de Argos. Y, en cuatro meses que estuve en aquella ciudad, nunca fui cogido entre puertas, ni sobresaltado ni corrido de corchetes, ni soplado de ningún cañuto. Bien es verdad que habrá ocho días que una espía doble dio noticia de mi habilidad al Corregidor, el cual, aficionado a mis buenas partes, quisiera verme; mas yo, que, por ser humilde, no quiero tratar con personas tan graves, procuré de no verme con él, y así, salí de la ciudad con tanta prisa, que no tuve lugar de acomodarme de cabalgaduras ni blancas, ni de algún coche de retorno, o por lo menos de un carro.»

—Eso se borre —dijo Rincón—; y, pues ya nos conocemos, no hay para qué aquesas grandezas ni altiveces: confesemos llanamente que no teníamos blanca, ni aun zapatos.

—Sea así —respondió Diego Cortado, que así dijo el menor que se llamaba—; y, pues nuestra amistad, como vuesa merced, señor Rincón, ha dicho, ha de ser perpetua, comencémosla con santas y loables ceremonias.

Y, levantándose, Diego Cortado abrazó a Rincón y Rincón a él tierna y estrechamente, y luego se pusieron los dos a jugar a la veintiuna con los ya referidos naipes, limpios de polvo y de paja, mas no de grasa y malicia; y, a pocas manos, alzaba tan bien por el as Cortado como Rincón, su maestro.

Salió en esto un arriero a refrescarse al portal, y pidió que quería hacer tercio. Acogiéronle de buena gana, y en menos de media hora le ganaron doce reales y veinte y dos maravedís, que fue darle doce lanzadas y veinte y dos mil pesadumbres. Y, creyendo el arriero que por ser muchachos no se lo defenderían, quiso quitalles el dinero; mas ellos, poniendo el uno mano a su media espada y el otro al de las cachas amarillas, le dieron tanto que hacer, que, a no salir sus compañeros, sin duda lo pasara mal.

A esta sazón, pasaron acaso por el camino una tropa de caminantes a caballo, que iban a sestear a la venta del Alcalde, que está media legua más adelante, los cuales, viendo la pendencia del arriero con los dos muchachos, los apaciguaron y les dijeron que si acaso iban a Sevilla, que se viniesen con ellos.

—Allá vamos —dijo Rincón—, y serviremos a vuesas mercedes en todo cuanto nos mandaren.

Y, sin más detenerse, saltaron delante de las mulas y se fueron con ellos, dejando al arriero agraviado y enojado, y a la ventera admirada de la buena crianza de los pícaros, que les había estado oyendo su plática sin que ellos advirtiesen en ello. Y, cuando dijo al arriero que les había oído decir que los naipes que traían eran falsos, se pelaba las barbas, y quisiera ir a la venta tras ellos a cobrar su hacienda, porque decía que era grandísima afrenta, y caso de menos valer, que dos muchachos hubiesen engañado a un hombrazo tan grande como él. Sus compañeros le detuvieron y aconsejaron que no fuese, siquiera por no publicar su inhabilidad y simpleza. En fin, tales razones le dijeron, que, aunque no le consolaron, le obligaron a quedarse.

En esto, Cortado y Rincón se dieron tan buena maña en servir a los caminantes, que lo más del camino los llevaban a las ancas; y, aunque se les ofrecían algunas ocasiones de tentar las valijas de sus medios amos, no las admitieron, por no perder la ocasión tan buena del viaje de Sevilla, donde ellos tenían grande deseo de verse.

Con todo esto, a la entrada de la ciudad, que fue a la oración y por la puerta de la Aduana, a causa del registro y almojarifazgo que se paga, no se pudo contener Cortado de no cortar la valija o maleta que a las ancas traía un francés de la camarada; y así, con el de sus cachas le dio tan larga y profunda herida, que se parecían patentemente las entrañas, y sutilmente le sacó dos camisas buenas, un reloj de sol y un librillo de memoria, cosas que cuando las vieron no les dieron mucho gusto; y pensaron que, pues el francés llevaba a las ancas aquella maleta, no la había de haber ocupado con tan poco peso como era el que tenían aquellas preseas, y quisieran volver a darle otro tiento; pero no lo hicieron, imaginando que ya lo habrían echado menos y puesto en recaudo lo que quedaba.

Habíanse despedido antes que el salto hiciesen de los que hasta allí los habían sustentado, y otro día vendieron las camisas en el malbaratillo que se hace fuera de la puerta del Arenal, y de ellas hicieron veinte reales. Hecho esto, se fueron a ver la ciudad, y admiróles la grandeza y sumptuosidad de su mayor iglesia, el gran concurso de gente del río, porque era en tiempo de cargazón de flota y había en él seis galeras, cuya vista les hizo suspirar, y aun temer el día que sus culpas les habían de traer a morar en ellas de por vida. Echaron de ver los muchos muchachos de la esportilla que por allí andaban; informáronse de uno de ellos qué oficio era aquél, y si era de mucho trabajo, y de qué ganancia.

Un muchacho asturiano, que fue a quien le hicieron la pregunta, respondió que el oficio era descansado y de que no se pagaba alcabala, y que algunos días salía con cinco y con seis reales de ganancia, con que comía y bebía y triunfaba como cuerpo de rey, libre de buscar amo a quien dar fianzas y seguro de comer a la hora que quisiese, pues a todas lo hallaba en el más mínimo bodegón de toda la ciudad.

No les pareció mal a los dos amigos la relación del asturianillo, ni les descontentó el oficio, por parecerles que venía como de molde para poder usar el suyo con cubierta y seguridad, por la comodidad que ofrecía de entrar en todas las casas; y luego determinaron de comprar los instrumentos necesarios para usalle, pues lo podían usar sin examen. Y, preguntándole al asturiano qué habían de comprar, les respondió que sendos costales pequeños, limpios o nuevos, y cada uno tres espuertas de palma, dos grandes y una pequeña, en las cuales se repartía la carne, pescado y fruta, y en el costal, el pan; y él les guió donde lo vendían, y ellos, del dinero de la galima del francés, lo compraron todo, y dentro de dos horas pudieran estar graduados en el nuevo oficio, según les ensayaban las esportillas y asentaban los costales. Avisóles su adalid de los puestos donde habían de acudir: por las mañanas, a la Carnicería y a la plaza de San Salvador; los días de pescado, a la Pescadería y a la Costanilla; todas las tardes, al río; los jueves, a la Feria.

Toda esta lición tomaron bien de memoria, y otro día bien de mañana se plantaron en la plaza de San Salvador; y, apenas hubieron llegado, cuando los rodearon otros mozos del oficio, que, por lo flamante de los costales y espuertas, vieron ser nuevos en la plaza; hiciéronles mil preguntas, y a todas respondían con discreción y mesura. En esto, llegaron un medio estudiante y un soldado, y, convidados de la limpieza de las espuertas de los dos novatos, el que parecía estudiante llamó a Cortado, y el soldado a Rincón.

—En nombre sea de Dios —dijeron ambos.

—Para bien se comience el oficio —dijo Rincón—, que vuesa merced me estrena, señor mío.

A lo cual respondió el soldado:

—La estrena no será mala, porque estoy de ganancia y soy enamorado, y tengo de hacer hoy banquete a unas amigas de mi señora.

—Pues cargue vuesa merced a su gusto, que ánimo tengo y fuerzas para llevarme toda esta plaza, y aun si fuere menester que ayude a guisarlo, lo haré de muy buena voluntad.

Contentóse el soldado de la buena gracia del mozo, y díjole que si quería servir, que él le sacaría de aquel abatido oficio. A lo cual respondió Rincón que, por ser aquel día el primero que le usaba, no le quería dejar tan presto, hasta ver, a lo menos, lo que tenía de malo y bueno; y, cuando no le contentase, él daba su palabra de servirle a él antes que a un canónigo.

Rióse el soldado, cargóle muy bien, mostróle la casa de su dama, para que la supiese de allí adelante y él no tuviese necesidad, cuando otra vez le enviase, de acompañarle. Rincón prometió fidelidad y buen trato. Diole el soldado tres cuartos, y en un vuelo volvió a la plaza, por no perder coyuntura; porque también de esta diligencia les advirtió el asturiano, y de que cuando llevasen pescado menudo (conviene a saber: albures, o sardinas o acedías), bien podían tomar algunas y hacerles la salva, siquiera para el gasto de aquel día; pero que esto había de ser con toda sagacidad y advertimiento, porque no se perdiese el crédito, que era lo que más importaba en aquel ejercicio.

Por presto que volvió Rincón, ya halló en el mismo puesto a Cortado. Llegóse Cortado a Rincón, y preguntóle que cómo le había ido. Rincón abrió la mano y mostróle los tres cuartos. Cortado entró la suya en el seno y sacó una bolsilla, que mostraba haber sido de ámbar en los pasados tiempos; venía algo hinchada, y dijo:

—Con ésta me pagó su reverencia del estudiante, y con dos cuartos; mas tomadla vos, Rincón, por lo que puede suceder.

Y, habiéndosela ya dado secretamente, veis aquí do vuelve el estudiante trasudando y turbado de muerte; y, viendo a Cortado, le dijo si acaso había visto una bolsa de tales y tales señas, que, con quince escudos de oro en oro y con tres reales de a dos y tantos maravedís en cuartos y en ochavos, le faltaba, y que le dijese si la había tomado en el entretanto que con él había andado comprando. A lo cual, con estraño disimulo, sin alterarse ni mudarse en nada, respondió Cortado:

—Lo que yo sabré decir desa bolsa es que no debe de estar perdida, si ya no es que vuesa merced la puso a mal recaudo.

—¡Eso es ello, pecador de mí —respondió el estudiante—: que la debí de poner a mal recaudo, pues me la hurtaron!

—Lo mismo digo yo —dijo Cortado—; pero para todo hay remedio, si no es para la muerte, y el que vuesa merced podrá tomar es, lo primero y principal, tener paciencia; que de menos nos hizo Dios y un día viene tras otro día, y donde las dan las toman; y podría ser que, con el tiempo, el que llevó la bolsa se viniese a arrepentir y se la volviese a vuesa merced sahumada.

—El sahumerio le perdonaríamos —respondió el estudiante.

Y Cortado prosiguió diciendo:

—Cuanto más, que cartas de descomunión hay, paulinas, y buena diligencia, que es madre de la buena ventura; aunque, a la verdad, no quisiera yo ser el llevador de tal bolsa; porque, si es que vuesa merced tiene alguna orden sacra, parecerme hía a mí que había cometido algún grande incesto, o sacrilegio.

—Y ¡cómo que ha cometido sacrilegio! —Dijo a esto el adolorido estudiante—; que, puesto que yo no soy sacerdote, sino sacristán de unas monjas, el dinero de la bolsa era del tercio de una capellanía, que me dio a cobrar un sacerdote amigo mío, y es dinero sagrado y bendito.

—Con su pan se lo coma —dijo Rincón a este punto—; no le arriendo la ganancia; día de juicio hay, donde todo saldrá en la colada, y entonces se verá quién fue Callejas y el atrevido que se atrevió a tomar, hurtar y menoscabar el tercio de la capellanía. Y ¿cuánto renta cada año? Dígame, señor sacristán, por su vida.

—¡Renta la puta que me parió! ¡Y estoy yo agora para decir lo que renta! —Respondió el sacristán con algún tanto de demasiada cólera—. Decidme, hermanos, si sabéis algo; si no, quedad con Dios, que yo la quiero hacer pregonar.

—No me parece mal remedio ese —dijo Cortado—, pero advierta vuesa merced no se le olviden las señas de la bolsa, ni la cantidad puntualmente del dinero que va en ella; que si yerra en un ardite, no parecerá en días del mundo, y esto le doy por hado.

—No hay que temer deso —respondió el sacristán—, que lo tengo más en la memoria que el tocar de las campanas: no me erraré en un átomo.

Sacó, en esto, de la faldriquera un pañuelo randado para limpiarse el sudor, que llovía de su rostro como de alquitara; y, apenas le hubo visto Cortado, cuando le marcó por suyo. Y, habiéndose ido el sacristán, Cortado le siguió y le alcanzó en las Gradas, donde le llamó y le retiró a una parte; y allí le comenzó a decir tantos disparates, al modo de lo que llaman bernardinas, cerca del hurto y hallazgo de su bolsa, dándole buenas esperanzas, sin concluir jamás razón que comenzase, que el pobre sacristán estaba embelesado escuchándole. Y, como no acababa de entender lo que le decía, hacía que le replicase la razón dos y tres veces.

Estábale mirando Cortado a la cara atentamente y no quitaba los ojos de sus ojos. El sacristán le miraba de la misma manera, estando colgado de sus palabras. Este tan grande embelesamiento dio lugar a Cortado que concluyese su obra, y sutilmente le sacó el pañuelo de la faldriquera; y, despidiéndose de él, le dijo que a la tarde procurase de verle en aquel mismo lugar, porque él traía entre ojos que un muchacho de su mismo oficio y de su mismo tamaño, que era algo ladroncillo, le había tomado la bolsa, y que él se obligaba a saberlo, dentro de pocos o de muchos días.

Con esto se consoló algo el sacristán, y se despidió de Cortado, el cual se vino donde estaba Rincón, que todo lo había visto un poco apartado de él; y más abajo estaba otro mozo de la esportilla, que vio todo lo que había pasado y cómo Cortado daba el pañuelo a Rincón; y, llegándose a ellos, les dijo:

—Díganme, señores galanes: ¿voacedes son de mala entrada, o no?

—No entendemos esa razón, señor galán —respondió Rincón.

—¿Qué no entrevan, señores murcios? —Respondió el otro.

—Ni somos de Teba ni de Murcia —dijo Cortado—. Si otra cosa quiere, dígala; si no, váyase con Dios.

—¿No lo entienden? —Dijo el mozo—. Pues yo se lo daré a entender, y a beber, con una cuchara de plata; quiero decir, señores, si son vuesas mercedes ladrones. Mas no sé para qué les pregunto esto, pues sé ya que lo son; mas díganme: ¿cómo no han ido a la aduana del señor Monipodio?

—¿Págase en esta tierra almojarifazgo de ladrones, señor galán? —Dijo Rincón.

—Si no se paga —respondió el mozo—, a lo menos regístranse ante el señor Monipodio, que es su padre, su maestro y su amparo; y así, les aconsejo que vengan conmigo a darle la obediencia, o si no, no se atrevan a hurtar sin su señal, que les costará caro.

—Yo pensé —dijo Cortado— que el hurtar era oficio libre, horro de pecho y alcabala; y que si se paga, es por junto, dando por fiadores a la garganta y a las espaldas. Pero, pues así es, y en cada tierra hay su uso, guardemos nosotros el désta, que, por ser la más principal del mundo, será el más acertado de todo él. Y así, puede vuesa merced guiarnos donde está ese caballero que dice, que ya yo tengo barruntos, según lo que he oído decir, que es muy calificado y generoso, y además hábil en el oficio.

—¡Y cómo que es calificado, hábil y suficiente! —Respondió el mozo—. Es lo tanto, que en cuatro años que ha que tiene el cargo de ser nuestro mayor y padre no han padecido sino cuatro en el finibusterrae, y obra de treinta envesados y de sesenta y dos en gurapas.

—En verdad, señor —dijo Rincón—, que así entendemos esos nombres como volar.

—Comencemos a andar, que yo los iré declarando por el camino — respondió el mozo—, con otros algunos, que así les conviene saberlos como el pan de la boca.

Y así, les fue diciendo y declarando otros nombres, de los que ellos llaman germanescos o de la germanía, en el discurso de su plática, que no fue corta, porque el camino era largo; en el cual dijo Rincón a su guía:

—¿Es vuesa merced, por ventura, ladrón?

—Sí —respondió él—, para servir a Dios y a las buenas gentes, aunque no de los muy cursados; que todavía estoy en el año del noviciado.

A lo cual respondió Cortado:

—Cosa nueva es para mí que haya ladrones en el mundo para servir a Dios y a la buena gente.

A lo cual respondió el mozo:

—Señor, yo no me meto en tologías; lo que sé es que cada uno en su oficio puede alabar a Dios, y más con la orden que tiene dada Monipodio a todos sus ahijados.

—Sin duda —dijo Rincón—, debe de ser buena y santa, pues hace que los ladrones sirvan a Dios.

—Es tan santa y buena —replicó el mozo—, que no sé yo si se podrá mejorar en nuestro arte. Él tiene ordenado que de lo que hurtáremos demos alguna cosa o limosna para el aceite de la lámpara de una imagen muy devota que está en esta ciudad, y en verdad que hemos visto grandes cosas por esta buena obra; porque los días pasados dieron tres ansias a un cuatrero que había murciado dos roznos, y con estar flaco y cuartanario, así las sufrió sin cantar como si fueran nada. Y esto atribuimos los del arte a su buena devoción, porque sus fuerzas no eran bastantes para sufrir el primer desconcierto del verdugo. Y, porque sé que me han de preguntar algunos vocablos de los que he dicho, quiero curarme en salud y decírselo antes que me lo pregunten. Sepan voacedes que cuatrero es ladrón de bestias; ansia es el tormento; rosnos, los asnos, hablando con perdón; primer desconcierto es las primeras vueltas de cordel que da el verdugo. Tenemos más: que rezamos nuestro rosario, repartido en toda la semana, y muchos de nosotros no hurtamos el día del viernes, ni tenemos conversación con mujer que se llame María el día del sábado.

—De perlas me parece todo eso —dijo Cortado—; pero dígame vuesa merced: ¿hácese otra restitución o otra penitencia más de la dicha?

—En eso de restituir no hay que hablar —respondió el mozo—, porque es cosa imposible, por las muchas partes en que se divide lo hurtado, llevando cada uno de los ministros y contrayentes la suya; y así, el primer hurtador no puede restituir nada; cuanto más, que no hay quien nos mande hacer esta diligencia, a causa que nunca nos confesamos; y si sacan cartas de excomunión, jamás llegan a nuestra noticia, porque jamás vamos a la iglesia al tiempo que se leen, si no es los días de jubileo, por la ganancia que nos ofrece el concurso de la mucha gente.

—Y ¿con sólo eso que hacen, dicen esos señores —dijo Cortadillo— que su vida es santa y buena?

—Pues ¿qué tiene de malo? —Replicó el mozo—. ¿No es peor ser hereje o renegado, o matar a su padre y madre, o ser solomico?

—Sodomita querrá decir vuesa merced —respondió Rincón.

—Eso digo —dijo el mozo.

—Todo es malo —replicó Cortado—. Pero, pues nuestra suerte ha querido que entremos en esta cofradía, vuesa merced alargue el paso, que muero por verme con el señor Monipodio, de quien tantas virtudes se cuentan.

—Presto se les cumplirá su deseo —dijo el mozo—, que ya desde aquí se descubre su casa. Vuesas mercedes se queden a la puerta, que yo entraré a ver si está desocupado, porque éstas son las horas cuando él suele dar audiencia.

—En buena sea —dijo Rincón.

Y, adelantándose un poco el mozo, entró en una casa no muy buena, sino de muy mala apariencia, y los dos se quedaron esperando a la puerta. Él salió luego y los llamó, y ellos entraron, y su guía les mandó esperar en un pequeño patio ladrillado, y de puro limpio y aljimifrado parecía que vertía carmín de lo más fino. Al un lado estaba un banco de tres pies y al otro un cántaro desbocado con un jarrillo encima, no menos falto que el cántaro; a otra parte estaba una estera de enea, y en el medio un tiesto, que en Sevilla llaman maceta, de albahaca.

Miraban los mozos atentamente las alhajas de la casa, en tanto que bajaba el señor Monipodio; y, viendo que tardaba, se atrevió Rincón a entrar en una sala baja, de dos pequeñas que en el patio estaban, y vio en ella dos espadas de esgrima y dos broqueles de corcho, pendientes de cuatro clavos, y una arca grande sin tapa ni cosa que la cubriese, y otras tres esteras de enea tendidas por el suelo. En la pared frontera estaba pegada a la pared una imagen de Nuestra Señora, de estas de mala estampa, y más abajo pendía una esportilla de palma, y, encajada en la pared, una almofía blanca, por do coligió Rincón que la esportilla servía de cepo para limosna, y la almofía de tener agua bendita, y así era la verdad.

Estando en esto, entraron en la casa dos mozos de hasta veinte años cada uno, vestidos de estudiantes; y de allí a poco, dos de la esportilla y un ciego; y, sin hablar palabra ninguno, se comenzaron a pasear por el patio. No tardó mucho, cuando entraron dos viejos de bayeta, con antojos que los hacían graves y dignos de ser respectados, con sendos rosarios de sonadoras cuentas en las manos. Tras ellos entró una vieja halduda, y, sin decir nada, se fue a la sala; y, habiendo tomado agua bendita, con grandísima devoción se puso de rodillas ante la imagen, y, a cabo de una buena pieza, habiendo primero besado tres veces el suelo y levantados los brazos y los ojos al cielo otras tantas, se levantó y echó su limosna en la esportilla, y se salió con los demás al patio. En resolución, en poco espacio se juntaron en el patio hasta catorce personas de diferentes trajes y oficios. Llegaron también de los postreros dos bravos y bizarros mozos, de bigotes largos, sombreros de grande falda, cuellos a la valona, medias de color, ligas de gran balumba, espadas de más de marca, sendos pistoletes cada uno en lugar de dagas, y sus broqueles pendientes de la pretina; los cuales, así como entraron, pusieron los ojos de través en Rincón y Cortado, a modo de que los estrañaban y no conocían. Y, llegándose a ellos, les preguntaron si eran de la cofradía. Rincón respondió que sí, y muy servidores de sus mercedes.

Llegóse en esto la sazón y punto en que bajó el señor Monipodio, tan esperado como bien visto de toda aquella virtuosa compañía. Parecía de edad de cuarenta y cinco a cuarenta y seis años, alto de cuerpo, moreno de rostro, cejijunto, barbinegro y muy espeso; los ojos, hundidos. Venía en camisa, y por la abertura de delante descubría un bosque: tanto era el vello que tenía en el pecho. Traía cubierta una capa de bayeta casi hasta los pies, en los cuales traía unos zapatos enchancletados, cubríanle las piernas unos zaragüelles de lienzo, an-chos y largos hasta los tobillos; el sombrero era de los de la hampa, campanudo de copa y tendido de falda; atravesábale un tahalí por es-palda y pechos a do colgaba una espada ancha y corta, a modo de las del perrillo; las manos eran cortas, pelosas, y los dedos gordos, y las uñas hembras y remachadas; las piernas no se le parecían, pero los pies eran descomunales de anchos y juanetudos. En efecto, él representaba el más rústico y disforme bárbaro del mundo. Bajó con él la guía de los dos, y, trabándoles de las manos, los presentó ante Monipodio, diciéndole:

—Éstos son los dos buenos mancebos que a vuesa merced dije, mi sor Monipodio: vuesa merced los desamine y verá como son dignos de entrar en nuestra congregación.

—Eso haré yo de muy buena gana —respondió Monipodio.

Olvidábaseme de decir que, así como Monipodio bajó, al punto, todos los que aguardándole estaban le hicieron una profunda y larga reverencia, excepto los dos bravos, que, a medio magate, como entre ellos se dice, le quitaron los capelos, y luego volvieron a su paseo por una parte del patio, y por la otra se paseaba Monipodio, el cual preguntó a los nuevos el ejercicio, la patria y padres.

A lo cual Rincón respondió:

—El ejercicio ya está dicho, pues venimos ante vuesa merced; la patria no me parece de mucha importancia decilla, ni los padres tampoco, pues no se ha de hacer información para recebir algún hábito honroso.

A lo cual respondió Monipodio:

—Vos, hijo mío, estáis en lo cierto, y es cosa muy acertada encubrir eso que decís; porque si la suerte no corriere como debe, no es bien que quede asentado debajo de signo de escribano, ni en el libro de las entradas: "Fulano, hijo de Fulano, vecino de tal parte, tal día le ahorcaron, o le azotaron", o otra cosa semejante, que, por lo menos, suena mal a los buenos oídos; y así, torno a decir que es provechoso documento callar la patria, encubrir los padres y mudar los propios nombres; aunque para entre nosotros no ha de haber nada encubierto, y sólo ahora quiero saber los nombres de los dos.

Rincón dijo el suyo y Cortado también.

—Pues, de aquí adelante —respondió Monipodio—, quiero y es mi voluntad que vos, Rincón, os llaméis Rinconete, y vos, Cortado, Cortadillo, que son nombres que asientan como de molde a vuestra edad y a nuestras ordenanzas, debajo de las cuales cae tener necesidad de saber el nombre de los padres de nuestros cofrades, porque tenemos de costumbre de hacer decir cada año ciertas misas por las ánimas de nuestros difuntos y bienhechores, sacando el estupendo para la limosna de quien las dice de alguna parte de lo que se garbea; y estas tales misas, así dichas como pagadas, dicen que aprovechan a las tales ánimas por vía de naufragio, y caen debajo de nuestros bienhechores: el procurador que nos defiende, el guro que nos avisa, el verdugo que nos tiene lástima, el que, cuando alguno de nosotros va huyendo por la calle y detrás le van dando voces: *¡Al ladrón, al ladrón! ¡Deténganle, deténganle!*, uno se pone en medio y se opone al raudal de los que le siguen, diciendo: *¡Déjenle al cuitado, que harta mala ventura lleva! ¡Allá se lo haya; castíguele su pecado!* Son también bienhechoras nuestras las socorridas, que de su sudor nos socorren, ansí en la trena como en las guras; y también lo son nuestros padres y madres, que nos echan al mundo, y el escribano, que si anda de buena, no hay delito que sea culpa ni culpa a quien se dé mucha pena; y, por todos estos que he dicho, hace nuestra hermandad cada año su adversario con la mayor popa y solenidad que podemos.

—Por cierto —dijo Rinconete, ya confirmado con este nombre—, que es obra digna del altísimo y profundísimo ingenio que hemos oído decir que vuesa merced, señor Monipodio, tiene. Pero nuestros padres aún gozan de la vida; si en ella les alcanzáremos, daremos luego noticia a esta felicísima y abogada confraternidad, para que por sus almas se les haga ese naufragio o tormenta, o ese adversario que vuesa merced dice, con la solenidad y pompa acostumbrada; si ya no es que se hace mejor con popa y soledad, como también apuntó vuesa merced en sus razones.

—Así se hará, o no quedará de mí pedazo —replicó Monipodio.

Y, llamando a la guía, le dijo:

—Ven acá, Ganchuelo: ¿están puestas las postas?

—Sí —dijo la guía, que Ganchuelo era su nombre—: tres centinelas quedan avizorando, y no hay que temer que nos cojan de sobresalto.

—Volviendo, pues, a nuestro propósito —dijo Monipodio—, querría saber, hijos, lo que sabéis, para daros el oficio y ejercicio conforme a vuestra inclinación y habilidad.

—Yo —respondió Rinconete— sé un poquito de floreo de Vilhán; entiéndeseme el retén; tengo buena vista para el humillo; juego bien de la sola, de las cuatro y de las ocho; no se me va por pies el raspadillo, verrugueta y el colmillo; éntrome por la boca de lobo como por mi casa, y atreveríame a hacer un tercio de chanza mejor que un tercio de Nápoles, y a dar un astillazo al más pintado mejor que dos reales prestados.

—Principios son —dijo Monipodio—, pero todas ésas son flores de cantueso viejas, y tan usadas que no hay principiante que no las sepa, y sólo sirven para alguno que sea tan blanco que se deje matar de media noche abajo; pero andará el tiempo y vernos hemos: que, asentando sobre ese fundamento media docena de liciones, yo espero en Dios que habéis de salir oficial famoso, y aun quizá maestro.

—Todo será para servir a vuesa merced y a los señores cofrades —respondió Rinconete.

—Y vos, Cortadillo, ¿qué sabéis? —Preguntó Monipodio.

—Yo —respondió Cortadillo— sé la treta que dicen mete dos y saca cinco, y sé dar tiento a una faldriquera con mucha puntualidad y destreza.

—¿Sabéis más? —Dijo Monipodio.

—No, por mis grandes pecados —respondió Cortadillo.

—No os aflijáis, hijo —replicó Monipodio—, que a puerto y a escuela habéis llegado donde ni os anegaréis ni dejaréis de salir muy bien aprovechado en todo aquello que más os conviniere. Y en esto del ánimo, ¿cómo os va, hijos?

—¿Cómo nos ha de ir —respondió Rinconete— sino muy bien? Ánimo tenemos para acometer cualquiera empresa de las que tocaren a nuestro arte y ejercicio.

—Está bien —replicó Monipodio—, pero querría yo que también le tuviésedes para sufrir, si fuese menester, media docena de ansias sin desplegar los labios y sin decir esta boca es mía.

—Ya sabemos aquí —dijo Cortadillo—, señor Monipodio, qué quiere decir ansias, y para todo tenemos ánimo; porque no somos tan ignorantes que no se nos alcance que lo que dice la lengua paga la gorja; y harta merced le hace el cielo al hombre atrevido, por no darle otro título, que le deja en su lengua su vida o su muerte, ¡como si tuviese más letras un no que un sí!

—¡Alto, no es menester más! —Dijo a esta sazón Monipodio—. Digo que sola esa razón me convence, me obliga, me persuade y me fuerza a que desde luego asentéis por cofrades mayores y que se os sobrelleve el año del noviciado.

—Yo soy dese parecer —dijo uno de los bravos.

Y a una voz lo confirmaron todos los presentes, que toda la plática habían estado escuchando, y pidieron a Monipodio que desde luego les concediese y permitiese gozar de las inmunidades de su cofradía, porque su presencia agradable y su buena plática lo merecía todo. Él respondió que, por dalles contento a todos, desde aquel punto se las concedía, y advirtiéndoles que las estimasen en mucho, porque eran no pagar media nata del primer hurto que hiciesen; no hacer oficios menores en todo aquel año, conviene a saber: no llevar recaudo de ningún hermano mayor a la cárcel, ni a la casa, de parte de sus contribuyentes; piar el turco puro; hacer banquete cuando, como y adonde quisieren, sin pedir licencia a su mayoral; entrar a la parte, desde luego, con lo que entrujasen los hermanos mayores, como uno de ellos, y otras cosas que ellos tuvieron por merced señaladísima, y los demás, con palabras muy comedidas, las agradecieron mucho.

Estando en esto, entró un muchacho corriendo y desalentado, y dijo:

—El alguacil de los vagabundos viene encaminado a esta casa, pero no trae consigo gurullada.

—Nadie se alborote —dijo Monipodio—, que es amigo y nunca viene por nuestro daño. Sosiéguense, que yo le saldré a hablar.

Todos se sosegaron, que ya estaban algo sobresaltados, y Monipodio salió a la puerta, donde halló al alguacil, con el cual estuvo hablando un rato, y luego volvió a entrar Monipodio y preguntó:

—¿A quién le cupo hoy la plaza de San Salvador?

—A mí —dijo el de la guía.

—Pues ¿cómo —dijo Monipodio— no se me ha manifestado una bolsilla de ámbar que esta mañana en aquel paraje dio al traste con quince escudos de oro y dos reales de a dos y no sé cuántos cuartos?

—Verdad es —dijo la guía— que hoy faltó esa bolsa, pero yo no la he tomado, ni puedo imaginar quién la tomase.

—¡No hay levas conmigo! —Replicó Monipodio—. ¡La bolsa ha de parecer, porque la pide el alguacil, que es amigo y nos hace mil placeres al año!

Tornó a jurar el mozo que no sabía de ella. Comenzóse a encolerizar Monipodio, de manera que parecía que fuego vivo lanzaba por los ojos, diciendo:

—¡Nadie se burle con quebrantar la más mínima cosa de nuestra or-den, que le costará la vida! Manifiéstese la cica; y si se encubre por no pagar los derechos, yo le daré enteramente lo que le toca y pondré lo demás de mi casa; porque en todas maneras ha de ir contento el al-guacil.

Tornó de nuevo a jurar el mozo y a maldecirse, diciendo que él no había tomado tal bolsa ni vístola de sus ojos; todo lo cual fue poner más fuego a la cólera de Monipodio, y dar ocasión a que toda la junta se alborotase, viendo que se rompían sus estatutos y buenas ordenanzas.

Viendo Rinconete, pues, tanta disensión y alboroto, pareciόle que sería bien sosegalle y dar contento a su mayor, que reventaba de rabia; y, aconsejándose con su amigo Cortadilo, con parecer de entrambos, sacó la bolsa del sacristán y dijo:

—Cese toda cuestión, mis señores, que ésta es la bolsa, sin faltarle nada de lo que el alguacil manifiesta; que hoy mi camarada Cortadillo le dio alcance, con un pañuelo que al mismo dueño se le quitó por añadidura.

Luego sacó Cortadillo el pañizuelo y lo puso de manifiesto; viendo lo cual, Monipodio dijo:

—Cortadillo el Bueno, que con este título y renombre ha de quedar de aquí adelante, se quede con el pañuelo y a mi cuenta se quede la satisfación de este servicio; y la bolsa se ha de llevar el alguacil, que es de un sacristán pariente suyo, y conviene que se cumpla aquel refrán que dice: "No es mucho que a quien te da la gallina entera, tú des una pierna de ella". Más disimula este buen alguacil en un día que nosotros le podremos ni solemos dar en ciento.

De común consentimiento aprobaron todos la hidalguía de los dos modernos y la sentencia y parecer de su mayoral, el cual salió a dar la bolsa al alguacil; y Cortadillo se quedó confirmado con el renombre de Bueno, bien como si fuera don Alonso Pérez de Guzmán el Bueno, que arrojó el cuchillo por los muros de Tarifa para degollar a su único hijo.

Al volver, que volvió, Monipodio, entraron con él dos mozas, afeitados los rostros, llenos de color los labios y de albayalde los pe-chos, cubiertas con medios mantos de anascote, llenas de desenfado y desvergüenza: señales claras por donde, en viéndolas Rinconete y Cortadillo, conocieron que eran de la casa llana; y no se engañaron en nada. Y, así como entraron, se fueron con los brazos abiertos, la una a Chiquiznaque y la otra a Maniferro, que éstos eran los nombres de los dos bravos; y el de Maniferro era porque traía una mano de hierro, en lugar de otra que le habían cortado por justicia. Ellos las abrazaron con grande regocijo, y les preguntaron si traían algo con que mojar la canal maestra.

—Pues, ¿había de faltar, diestro mío? —Respondió la una, que se llamaba la Gananciosa—. No tardará mucho a venir Silbatillo, tu trainel, con la canasta de colar atestada de lo que Dios ha sido servido.

Y así fue verdad, porque al instante entró un muchacho con una canasta de colar cubierta con una sábana.

Alegráronse todos con la entrada de Silbato, y al momento mandó sacar Monipodio una de las esteras de enea que estaban en el aposento, y tenderla en medio del patio. Y ordenó, asimismo, que todos se sentasen a la redonda; porque, en cortando la cólera, se trataría de lo que mas conviniese. A esto, dijo la vieja que había rezado a la imagen:

—Hijo Monipodio, yo no estoy para fiestas, porque tengo un vaguido de cabeza, dos días ha, que me trae loca; y más, que antes que sea mediodía tengo de ir a cumplir mis devociones y poner mis candelicas a Nuestra Señora de las Aguas y al Santo Crucifijo de Santo Agustín, que no lo dejaría de hacer si nevase y ventiscase. A lo que he venido es que anoche el Renegado y Centopiés llevaron a mi casa una canasta de colar, algo mayor que la presente, llena de ropa blanca; y en Dios y en ni ánima que venía con su cernada y todo, que los pobretes no debieron de tener lugar de quitalla, y venían sudando la gota tan gorda, que era una compasión verlos entrar ijadeando y corriendo agua de sus rostros, que parecían unos angelicos. Dijéronme que iban en seguimiento de un ganadero que había pesado ciertos carneros en la Carnicería, por ver si le podían dar un tiento en un grandísimo gato de reales que llevaba. No desembanastaron ni contaron la ropa, fiados en la entereza de mi conciencia; y así me cumpla Dios mis buenos deseos y nos libre a todos de poder de justicia, que no he tocado a la canasta, y que se está tan entera como cuando nació.

—Todo se le cree, señora madre —respondió Monipodio—, y estése así la canasta, que yo iré allá, a boca de sorna, y haré cala y cata de lo que tiene, y daré a cada uno lo que le tocare, bien y fielmente, como tengo de costumbre.

—Sea como vos lo ordenáredes, hijo —respondió la vieja—; y, porque se me hace tarde, dadme un traguillo, si tenéis, para consolar este estómago, que tan desmayado anda de contino.

—Y ¡qué tal lo beberéis, madre mía! —Dijo a esta sazón la Escalanta, que así se llamaba la compañera de la Gananciosa.

Y, descubriendo la canasta, se manifestó una bota a modo de cuero, con hasta dos arrobas de vino, y un corcho que podría caber sosegadamente y sin apremio hasta una azumbre; y, llenándole la Escalanta, se le puso en las manos a la devotísima vieja, la cual, tomándole con ambas manos y habiéndole soplado un poco de espuma, dijo:

—Mucho echaste, hija Escalanta, pero Dios dará fuerzas para todo.

Y, aplicándosele a los labios, de un tirón, sin tomar aliento, lo trasegó del corcho al estómago, y acabó diciendo:

—De Guadalcanal es, y aun tiene un es no es de yeso el señorico. Dios te consuele, hija, que así me has consolado; sino que temo que me ha de hacer mal, porque no me he desayunado.

—No hará, madre —respondió Monipodio—, porque es trasañejo.

—Así lo espero yo en la Virgen —respondió la Vieja.

Y añadió:

—Mirad, niñas, si tenéis acaso algún cuarto para comprar las candelicas de mi devoción, porque, con la prisa y gana que tenía de venir a traer las nuevas de la canasta, se me olvidó en casa la escarcela.

—Yo sí tengo, señora Pipota —(que éste era el nombre de la buena vieja) respondió la Gananciosa—; tome, ahí le doy dos cuartos: del uno le ruego que compre una para mí, y se la ponga al señor San Miguel; y si puede comprar dos, ponga la otra al señor San Blas, que son mis abogados. Quisiera que pusiera otra a la señora Santa Lucía, que, por lo de los ojos, también le tengo devoción, pero no tengo trocado; mas otro día habrá donde se cumpla con todos.

—Muy bien harás, hija, y mira no seas miserable; que es de mucha importancia llevar la persona las candelas delante de sí antes que se muera, y no aguardar a que las pongan los herederos o albaceas.

—Bien dice la madre Pipota —dijo la Escalanta.

Y, echando mano a la bolsa, le dio otro cuarto y le encargó que pusiese otras dos candelicas a los santos que a ella le pareciesen que eran de los más aprovechados y agradecidos. Con esto, se fue la Pipota, diciéndoles:

—Holgaos, hijos, ahora que tenéis tiempo; que vendrá la vejez y lloraréis en ella los ratos que perdistes en la mocedad, como yo los lloro;

y encomendadme a Dios en vuestras oraciones, que yo voy a hacer lo mismo por mí y por vosotros, porque Él nos libre y conserve en nuestro trato peligroso, sin sobresaltos de justicia.

Y con esto, se fue.

Ida la vieja, se sentaron todos alrededor de la estera, y la Gananciosa tendió la sábana por manteles; y lo primero que sacó de la cesta fue un grande haz de rábanos y hasta dos docenas de naranjas y limones, y luego una cazuela grande llena de tajadas de bacallao frito. Manifestó luego medio queso de Flandes, y una olla de famosas aceitunas, y un plato de camarones, y gran cantidad de cangrejos, con su llamativo de alcaparrones ahogados en pimientos, y tres hogazas blanquísimas de Gandul. Serían los del almuerzo hasta catorce, y ninguno de ellos dejó de sacar su cuchillo de cachas amarillas, si no fue Rinconete, que sacó su media espada. A los dos viejos de bayeta y a la guía tocó el escanciar con el corcho de colmena. Mas, apenas habían comenzado a dar asalto a las naranjas, cuando les dio a todos gran sobresalto los golpes que dieron a la puerta. Mandóles Monipodio que se sosegasen, y, entrando en la sala baja y descolgando un broquel, puesto mano a la espada, llegó a la puerta y con voz hueca y espantosa preguntó:

—¿Quién llama?

Respondieron de fuera:

—Yo soy, que no es nadie, señor Monipodio: Tagarete soy, centinela de esta mañana, y vengo a decir que viene aquí Juliana la Cariharta, toda desgreñada y llorosa, que parece haberle sucedido algún desastre.

En esto llegó la que decía, sollozando, y, sintiéndola Monipodio, abrió la puerta, y mandó a Tagarete que se volviese a su posta y que de allí adelante avisase lo que viese con menos estruendo y ruido. Él dijo que así lo haría. Entró la Cariharta, que era una moza del jaez de las otras y del mismo oficio. Venía descabellada y la cara llena de tolondrones, y, así como entró en el patio, se cayó en el suelo desmayada. Acudieron a socorrerla la Gananciosa y la Escalanta, y, desabrochándola el pecho, la hallaron toda denegrida y como magullada. Echáronle agua en el rostro, y ella volvió en sí, diciendo a voces:

—¡La justicia de Dios y del Rey venga sobre aquel ladrón desuellacaras, sobre aquel cobarde bajamanero, sobre aquel pícaro lendroso, que le he quitado más veces de la horca que tiene pelos en las barbas! ¡Desdichada de mí! ¡Mirad por quién he perdido y gastado mi mocedad y la flor de mis años, sino por un bellaco desalmado, facinoroso e incorregible!

—Sosiégate, Cariharta —dijo a esta sazón Monipodio—, que aquí estoy yo que te haré justicia. Cuéntanos tu agravio, que más estarás tú en contarle que yo en hacerte vengada; dime si has habido algo con tu respecto; que si así es y quieres venganza, no has menester más que boquear.

—¿Qué respecto? —Respondió Juliana—. Respectada me vea yo en los infiernos, si más lo fuere de aquel león con las ovejas y cordero con los hombres. ¿Con aquél había yo de comer más pan a manteles, ni yacer en uno? Primero me vea yo comida de adivas estas carnes, que me ha parado de la manera que ahora veréis.

Y, alzándose al instante las faldas hasta la rodilla, y aun un poco más, las descubrió llenas de cardenales.

—De esta manera —prosiguió— me ha parado aquel ingrato del Repolido, debiéndome más que a la madre que le parió. Y ¿por qué pensáis que lo ha hecho? ¡Montas, que le di yo ocasión para ello! No, por cierto, no lo hizo más sino porque, estando jugando y perdiendo, me envió a pedir con Cabrillas, su trainel, treinta reales, y no le envié más de veinte y cuatro, que el trabajo y afán con que yo los había ga-nado ruego yo a los cielos que vaya en descuento de mis pecados. Y, en pago de esta cortesía y buena obra, creyendo él que yo le sisaba algo de la cuenta que él allá en su imaginación había hecho de lo que yo podía tener, esta mañana me sacó al campo, detrás de la Güerta del Rey, y allí, entre unos olivares, me desnudó, y con la petrina, sin escusar ni recoger los hierros, que en malos grillos y hierros le vea yo, me dio tantos azotes que me dejó por muerta. De la cual verdadera historia son buenos testigos estos cardenales que miráis.

Aquí tornó a levantar las voces, aquí volvió a pedir justicia, y aquí se la prometió de nuevo Monipodio y todos los bravos que allí estaban. La Gananciosa tomó la mano a consolalla, diciéndole que ella diera de muy buena gana una de las mejores preseas que tenía porque le hubiera pasado otro tanto con su querido.

—Porque quiero —dijo— que sepas, hermana Cariharta, si no lo sabes, que a lo que se quiere bien se castiga; y cuando estos bellacones nos dan, y azotan y acocean, entonces nos adoran; si no, confiésame una verdad, por tu vida: después que te hubo Repolido castigado y brumado, ¿no te hizo alguna caricia?

—¿Cómo una? —Respondió la llorosa—. Cien mil me hizo, y diera él un dedo de la mano porque me fuera con él a su posada; y aun me parece que casi se le saltaron las lágrimas de los ojos después de haberme molido.

—No hay dudar en eso —replicó la Gananciosa—. Y lloraría de pena de ver cuál te había puesto; que en estos tales hombres, y en tales casos, no han cometido la culpa cuando les viene el arrepentimiento; y tú verás, hermana, si no viene a buscarte antes que de aquí nos vamos, y a pedirte perdón de todo lo pasado, rindiéndosete como un cordero.

—En verdad —respondió Monipodio— que no ha de entrar por estas puertas el cobarde envesado, si primero no hace una manifiesta penitencia del cometido delito. ¿Las manos había él de ser osado ponerlas en el rostro de la Cariharta, ni en sus carnes, siendo persona que puede competir en limpieza y ganancia con la misma Gananciosa que está delante, que no lo puedo más encarecer?

—¡Ay! —Dijo a esta sazón la Juliana—. No diga vuesa merced, señor Monipodio, mal de aquel maldito, que con cuán malo es, le quiero más que a las telas de mi corazón, y hanme vuelto el alma al cuerpo las razones que en su abono me ha dicho mi amiga la Gananciosa, y en verdad que estoy por ir a buscarle.

—Eso no harás tú por mi consejo —replicó la Gananciosa—, porque se estenderá y ensanchará y hará tretas en ti como en cuerpo muerto. Sosiégate, hermana, que antes de mucho le verás venir tan arrepentido como he dicho; y si no viniere, escribirémosle un papel en coplas que le amargue.

—Eso sí —dijo la Cariharta—, que tengo mil cosas que escribirle.

—Yo seré el secretario cuando sea menester —dijo Monipodio—; y, aunque no soy nada poeta, todavía, si el hombre se arremanga, se atreverá a hacer dos millares de coplas en daca las pajas, y, cuando no salieren como deben, yo tengo un barbero amigo, gran poeta, que nos hinchirá las medidas a todas horas; y en la de agora acabemos lo que teníamos comenzado del almuerzo, que después todo se andará.

Fue contenta la Juliana de obedecer a su mayor; y así, todos volvieron a su gaudeamus, y en poco espacio vieron el fondo de la canasta y las heces del cuero. Los viejos bebieron sine fine; los mozos adunia; las señoras, los quiries. Los viejos pidieron licencia para irse. Diósela luego Monipodio, encargándoles viniesen a dar noticia con toda puntualidad de todo aquello que viesen ser útil y conveniente a la comunidad. Respondieron que ellos se lo tenían bien en cuidado y fuéronse.

Rinconete, que de suyo era curioso, pidiendo primero perdón y licencia, preguntó a Monipodio que de qué servían en la cofradía dos personajes tan canos, tan graves y apersonados. A lo cual respondió Monipodio que aquéllos, en su germanía y manera de hablar, se llamaban avispones, y que servían de andar de día por toda la ciudad avispando en qué casas se podía dar tiento de noche, y en seguir los que sacaban dinero de la Contratación o Casa de la Moneda, para ver dónde lo llevaban, y aun dónde lo ponían; y, en sabiéndolo, tanteaban la groseza del muro de la tal casa y diseñaban el lugar más conveniente para hacer los guzpátaros —que son agujeros— para facilitar la entrada. En resolución, dijo que era la gente de más o de tanto provecho que había en su hermandad, y que de todo aquello que por su industria se hurtaba llevaban el quinto, como Su Majestad de los tesoros; y que, con todo esto, eran hombres de mucha verdad, y muy honrados, y de buena vida y fama, temerosos de Dios y de sus conciencias, que cada día oían misa con estraña devoción.

—Y hay de ellos tan comedidos, especialmente estos dos que de aquí se van agora, que se contentan con mucho menos de lo que por nuestros aranceles les toca. Otros dos que hay son palanquines, los cuales, como por momentos mudan casas, saben las entradas y salidas de todas las de la ciudad, y cuáles pueden ser de provecho y cuáles no.

—Todo me parece de perlas —dijo Rinconete—, y querría ser de algún provecho a tan famosa cofradía.

—Siempre favorece el cielo a los buenos deseos —dijo Monipodio.

Estando en esta plática, llamaron a la puerta; salió Monipodio a ver quién era, y, preguntándolo, respondieron:

—Abra voacé, sor Monipodio, que el Repolido soy.

Oyó esta voz Cariharta y, alzando al cielo la suya, dijo:

—No le abra vuesa merced, señor Monipodio; no le abra a ese marinero de Tarpeya, a este tigre de Ocaña.

No dejó por esto Monipodio de abrir a Repolido; pero, viendo la Cariharta que le abría, se levantó corriendo y se entró en la sala de los broqueles, y, cerrando tras sí la puerta, desde dentro, a grandes voces decía:

—Quítenmele de delante a ese gesto de por demás, a ese verdugo de inocentes, asombrador de palomas duendas.

Maniferro y Chiquiznaque tenían a Repolido, que en todas maneras quería entrar donde la Cariharta estaba; pero, como no le dejaban, decía desde afuera:

—¡No haya más, enojada mía; por tu vida que te sosiegues, ansí te veas casada!

—¿Casada yo, malino? —Respondió la Cariharta—. ¡Mirá en qué tecla toca! ¡Ya quisieras tú que lo fuera contigo, y antes lo sería yo con una sotomía de muerte que contigo!

—¡Ea, boba —replicó Repolido—, acabemos ya, que es tarde, y mire no se ensanche por verme hablar tan manso y venir tan rendido; porque, ¡vive el Dador!, si se me sube la cólera al campanario, que sea peor la recaída que la caída! Humíllese, y humillémonos todos, y no demos de comer al diablo.

—Y aun de cenar le daría yo —dijo la Cariharta—, porque te llevase donde nunca más mis ojos te viesen.

—¿No os digo yo? —dijo Repolido—. ¡Por Dios que voy oliendo, señora trinquete, que lo tengo de echar todo a doce, aunque nunca se venda!

A esto dijo Monipodio:

—En mi presencia no ha de haber demasías: la Cariharta saldrá, no por amenazas, sino por amor mío, y todo se hará bien; que las riñas entre los que bien se quieren son causa de mayor gusto cuando se hacen las paces. ¡Ah Juliana! ¡Ah niña! ¡Ah Cariharta mía! Sal acá fuera por mi amor, que yo haré que el Repolido te pida perdón de rodillas.

—Como él eso haga —dijo la Escalanta—, todas seremos en su favor y en rogar a Juliana salga acá fuera.

—Si esto ha de ir por vía de rendimiento que güela a menoscabo de la persona —dijo el Repolido—, no me rendiré a un ejército formado de esguízaros; mas si es por vía de que la Cariharta gusta dello, no digo yo hincarme de rodillas, pero un clavo me hincaré por la frente en su servicio.

Riyéronse de esto Chiquiznaque y Maniferro, de lo cual se enojó tanto el Repolido, pensando que hacían burla de él, que dijo con muestras de infinita cólera:

—Cualquiera que se riere o se pensare reír de lo que la Cariharta, o contra mí, o yo contra ella hemos dicho o dijéremos, digo que miente y mentirá todas las veces que se riere, o lo pensare, como ya he dicho.

Miráronse Chiquiznaque y Maniferro de tan mal garbo y talle, que advirtió Monipodio que pararía en un gran mal si no lo remediaba; y así, poniéndose luego en medio de ellos, dijo:

—No pase más adelante, caballeros; cesen aquí palabras mayores, y desháganse entre los dientes; y, pues las que se han dicho no llegan a la cintura, nadie las tome por sí.

—Bien seguros estamos —respondió Chiquiznaque— que no se dijeron ni dirán semejantes monitorios por nosotros; que, si se hubiera imaginado que se decían, en manos estaba el pandero que lo supiera bien tañer.

—También tenemos acá pandero, sor Chiquiznaque —replicó el Repolido—, y también, si fuere menester, sabremos tocar los cascabeles, y ya he dicho que el que se huelga, miente; y quien otra cosa pensare, sígame, que con un palmo de espada menos hará el hombre que sea lo dicho dicho.

Y, diciendo esto, se iba a salir por la puerta afuera. Estábalo escuchando la Cariharta, y, cuando sintió que se iba enojado, salió diciendo:

—¡Ténganle no se vaya, que hará de las suyas! ¿No ven que va enojado, y es un Judas Macarelo en esto de la valentía? ¡Vuelve acá, valentón del mundo y de mis ojos!

Y, cerrando con él, le asió fuertemente de la capa, y, acudiendo también Monipodio, le detuvieron. Chiquiznaque y Maniferro no sabían si enojarse o si no, y estuviéronse quedos esperando lo que Repolido haría; el cual, viéndose rogar de la Cariharta y de Monipodio, volvió diciendo:

—Nunca los amigos han de dar enojo a los amigos, ni hacer burla de los amigos, y más cuando ven que se enojan los amigos.

—No hay aquí amigo —respondió Maniferro— que quiera enojar ni hacer burla de otro amigo; y, pues todos somos amigos, dense las manos los amigos.

A esto dijo Monipodio:

—Todos voacedes han hablado como buenos amigos, y como tales amigos se den las manos de amigos.

Diéronselas luego, y la Escalanta, quitándose un chapín, comenzó a tañer en él como en un pandero; la Gananciosa tomó una escoba de palma nueva, que allí se halló acaso, y, rascándola, hizo un son que, aunque ronco y áspero, se concertaba con el del chapín. Monipodio rompió un plato y hizo dos tejoletas, que, puestas entre los dedos y repicadas con gran ligereza, llevaba el contrapunto al chapín y a la escoba.

Espantáronse Rinconete y Cortadillo de la nueva invención de la escoba, porque hasta entonces nunca la habían visto. Conociólo Maniferro y díjoles:

—¿Admíranse de la escoba? Pues bien hacen, pues música más presta y más sin pesadumbre, ni más barata, no se ha inventado en el mundo; y en verdad que oí decir el otro día a un estudiante que ni el Negrofeo, que sacó a la Arauz del infierno; ni el Marión, que subió sobre el delfín y salió del mar como si viniera caballero sobre una mula de alquiler; ni el otro gran músico que hizo una ciudad que tenía cien puertas y otros tantos postigos, nunca inventaron mejor género de música, tan fácil de deprender, tan mañera de tocar, tan sin trastes, clavijas ni cuerdas, y tan sin necesidad de templarse; y aun voto a tal, que dicen que la inventó un galán de esta ciudad, que se pica de ser un Héctor en la música.

—Eso creo yo muy bien —respondió Rinconete—, pero escuchemos lo que quieren cantar nuestros músicos, que parece que la Ganančiosa ha escupido, señal de que quiere cantar.

Y así era la verdad, porque Monipodio le había rogado que cantase algunas seguidillas de las que se usaban; mas la que comenzó primero fue la Escalanta, y con voz sutil y quebradiza cantó lo siguiente:

Por un sevillano, rufo a lo valón,
tengo socarrado todo el corazón.
Siguió la Gananciosa cantando:
Por un morenico de color verde,
¿cuál es la fogosa que no se pierde?

Y luego Monipodio, dándose gran prisa al meneo de sus tejoletas, dijo:

Riñen dos amantes, hácese la paz:
si el enojo es grande, es el gusto más.

No quiso la Cariharta pasar su gusto en silencio, porque, tomando otro chapín, se metió en danza, y acompañó a las demás diciendo:

Detente, enojado, no me azotes más;
que si bien lo miras, a tus carnes das.

—Cántese a lo llano —dijo a esta sazón Repolido—, y no se toquen estorias pasadas, que no hay para qué: lo pasado sea pasado, y tómese otra vereda, y basta.

Talle llevaban de no acabar tan presto el comenzado cántico, si no sintieran que llamaban a la puerta aprisa; y con ella salió Monipodio a ver quién era, y la centinela le dijo cómo al cabo de la calle había asomado el alcalde de la justicia, y que delante de él venían el Tordillo y el Cernícalo, corchetes neutrales. Oyéronlo los de dentro, y alborotáronse todos de manera que la Cariharta y la Escalanta se calzaron sus chapines al revés, dejó la escoba la Gananciosa, Monipodio sus tejoletas, y quedó en turbado silencio toda la música, enmudeció Chiquiznaque, pasmóse Repolido y suspendióse Maniferro; y todos, cuál por una y cuál por otra parte, desaparecieron, subiéndose a las azoteas y tejados, para escaparse y pasar por ellos a otra calle. Nunca ha disparado arcabuz a deshora, ni trueno repentino espantó así a banda de descuidadas palomas, como puso en alboroto y espanto a toda aquella recogida compañía y buena gente la nueva de la venida del alcalde de la justicia. Los dos novicios, Rinconete y Cortadillo, no sabían qué hacerse, y estuviéronse quedos, esperando ver en qué paraba aquella repentina borrasca, que no paró en más de volver la centinela a decir que el alcalde se había pasado de largo, sin dar muestra ni resabio de mala sospecha alguna.

Y, estando diciendo esto a Monipodio, llegó un caballero mozo a la puerta, vestido, como se suele decir, de barrio; Monipodio le entró consigo, y mandó llamar a Chiquiznaque, a Maniferro y al Repolido, y que de los demás no bajase alguno. Como se habían quedado en el patio, Rinconete y Cortadillo pudieron oír toda la plática que pasó Monipodio con el caballero recién venido, el cual dijo a Monipodio que por qué se había hecho tan mal lo que le había encomendado. Monipodio respondió que aún no sabía lo que se había hecho; pero que allí estaba el oficial a cuyo cargo estaba su negocio, y que él daría muy buena cuenta de sí.

Bajó en esto Chiquiznaque, y preguntóle Monipodio si había cum— plido con la obra que se le encomendó de la cuchillada de a catorce.

—¿Cuál? —Respondió Chiquiznaque—. ¿Es la de aquel mercader de la Encrucijada?

—Ésa es —dijo el caballero.

—Pues lo que en eso pasa —respondió Chiquiznaque— es que yo le aguardé anoche a la puerta de su casa, y él vino antes de la oración; lleguéme cerca de él, marquéle el rostro con la vista, y vi que le tenía tan pequeño que era imposible de toda imposibilidad caber en él cuchillada de catorce puntos; y, hallándome imposibilitado de poder cumplir lo prometido y de hacer lo que llevaba en mi destruición...

—Instrucción querrá vuesa merced decir —dijo el caballero—, que no destruición.

—Eso quise decir —respondió Chiquiznaque—. Digo que, viendo que en la estrecheza y poca cantidad de aquel rostro no cabían los puntos propuestos, porque no fuese mi ida en balde, di la cuchillada a un lacayo suyo, que a buen seguro que la pueden poner por mayor de marca.

—Más quisiera —dijo el caballero— que se la hubiera dado al amo una de a siete, que al criado la de a catorce. En efecto, conmigo no se ha cumplido como era razón, pero no importa; poca mella me harán los treinta ducados que dejé en señal. Beso a vuesas mercedes las manos.

Y, diciendo esto, se quitó el sombrero y volvió las espaldas para irse; pero Monipodio le asió de la capa de mezcla que traía puesta, diciéndole:

—Voacé se detenga y cumpla su palabra, pues nosotros hemos cumplido la nuestra con mucha honra y con mucha ventaja: veinte ducados faltan, y no ha de salir de aquí voacé sin darlos, o prendas que lo valgan.

—Pues, ¿a esto llama vuesa merced cumplimiento de palabra —respondió el caballero—: dar la cuchillada al mozo, habiéndose de dar al amo?

—¡Qué bien está en la cuenta el señor! —Dijo Chiquiznaque—. Bien parece que no se acuerda de aquel refrán que dice: "Quien bien quiere a Beltrán, bien quiere a su can".

—¿Pues en qué modo puede venir aquí a propósito ese refrán? —Replicó el caballero.

—¿Pues no es lo mismo —prosiguió Chiquiznaque— decir: "Quien mal quiere a Beltrán, mal quiere a su can"? Y así, Beltrán es el mercader, voacé le quiere mal, su lacayo es su can; y dando al can se da a Beltrán, y la deuda queda líquida y trae aparejada ejecución; por eso no hay más sino pagar luego sin apercebimiento de remate.

—Eso juro yo bien —añadió Monipodio—, y de la boca me quitaste, Chiquiznaque amigo, todo cuanto aquí has dicho; y así, voacé, señor galán, no se meta en puntillos con sus servidores y amigos, sino tome mi consejo y pague luego lo trabajado; y si fuere servido que se le dé otra al amo, de la cantidad que pueda llevar su rostro, haga cuenta que ya se la están curando.

—Como eso sea —respondió el galán—, de muy entera voluntad y gana pagaré la una y la otra por entero.

—No dude en esto —dijo Monipodio— más que en ser cristiano; que Chiquiznaque se la dará pintiparada, de manera que parezca que allí se le nació.

—Pues con esa seguridad y promesa —respondió el caballero—, recíbase esta cadena en prendas de los veinte ducados atrasados y de cuarenta que ofrezco por la venidera cuchillada. Pesa mil reales, y podría ser que se quedase rematada, porque traigo entre ojos que serán menester otros catorce puntos antes de mucho.

Quitóse, en esto, una cadena de vueltas menudas del cuello y diósela a Monipodio, que al color y al peso bien vio que no era de alquimia. Monipodio la recibió con mucho contento y cortesía, porque era en estremo bien criado; la ejecución quedó a cargo de Chiquiznaque, que sólo tomó término de aquella noche. Fuese muy satisfecho el caballero, y luego Monipodio llamó a todos los ausentes y azorados. Bajaron todos, y, poniéndose Monipodio en medio de ellos, sacó un libro de memoria que traía en la capilla de la capa y dióselo a Rinconete que leyese, porque él no sabía leer. Abrióle Rinconete, y en la primera hoja vio que decía:

MEMORIA DE LAS CUCHILLADAS
QUE SE HAN DE DAR ESTA SEMANA

La primera, al mercader de la encrucijada: vale cincuenta escudos. Están recebidos treinta a buena cuenta. Secutor, Chiquiznaque.

—No creo que hay otra, hijo —dijo Monipodio—; pasá adelante y mirá donde dice: MEMORIA DE PALOS.

Volvió la hoja Rinconete, y vio que en otra estaba escrito:

MEMORIA DE PALOS

Y más abajo decía:

Al bodegonero de la Alfalfa, doce palos de mayor cuantía a escudo cada uno. Están dados a buena cuenta ocho. El término, seis días. Secutor, Maniferro.

—Bien podía borrarse esa partida —dijo Maniferro—, porque esta noche traeré finiquito de ella.

—¿Hay más, hijo? —Dijo Monipodio.

—Sí, otra —respondió Rinconete—, que dice así:

Al sastre corcovado que por mal nombre se llama el Silguero, seis palos de mayor cuantía, a pedimiento de la dama que dejó la gargantilla. Secutor, el Desmochado.

—Maravillado estoy —dijo Monipodio— cómo todavía está esa par-tida en ser. Sin duda alguna debe de estar mal dispuesto el Desmochado, pues son dos días pasados del término y no ha dado puntada en esta obra.

—Yo le topé ayer —dijo Maniferro—, y me dijo que por haber estado retirado por enfermo el Corcovado no había cumplido con su débito.

—Eso creo yo bien —dijo Monipodio—, porque tengo por tan buen oficial al Desmochado, que, si no fuera por tan justo impedimento, ya él hubiera dado al cabo con mayores empresas. ¿Hay más, mocito?

—No señor —respondió Rinconete.

—Pues pasad adelante —dijo Monipodio—, y mirad donde dice: MEMORIAL DE AGRAVIOS COMUNES.

Pasó adelante Rinconete, y en otra hoja halló escrito:

MEMORIAL DE AGRAVIOS COMUNES.
CONVIENE A SABER: REDOMAZOS, UNTOS DE MIERA, CLAVAZÓN DE SAMBENITOS Y CUERNOS, MATRACAS, ESPANTOS, ALBOROTOS Y CUCHILLADAS FINGIDAS, PUBLICACIÓN DE NIBELOS, ETC.

—¿Qué dice más abajo? —Dijo Monipodio.

—Dice —dijo Rinconete—:

Unto de miera en la casa...

—No se lea la casa, que ya yo sé dónde es —respondió Monipodio—, y yo soy el tuáutem y esecutor desa niñería, y están dados a buena cuenta cuatro escudos, y el principal es ocho.

—Así es la verdad —dijo Rinconete—, que todo eso está aquí escrito; y aun más abajo dice:

Clavazón de cuernos.

—Tampoco se lea —dijo Monipodio— la casa, ni adónde; que basta que se les haga el agravio, sin que se diga en público; que es gran cargo de conciencia. A lo menos, más querría yo clavar cien cuernos y otros tantos sambenitos, como se me pagase mi trabajo, que decillo sola una vez, aunque fuese a la madre que me parió.

—El esecutor de esto es —dijo Rinconete— el Narigueta.

—Ya está eso hecho y pagado —dijo Monipodio—. Mirad si hay más, que si mal no me acuerdo, ha de haber ahí un espanto de veinte escudos; está dada la mitad, y el esecutor es la comunidad toda, y el término es todo el mes en que estamos; y cumpliráse al pie de la letra, sin que falte una tilde, y será una de las mejores cosas que hayan sucedido en esta ciudad de muchos tiempos a esta parte. Dadme el libro, mancebo, que yo sé que no hay más, y sé también que anda muy flaco el oficio; pero tras este tiempo vendrá otro y habrá que hacer más de lo que quisiéremos; que no se mueve la hoja sin la voluntad de Dios, y no hemos de hacer nosotros que se vengue nadie por fuerza; cuanto más, que cada uno en su causa suele ser valiente y no quiere pagar las hechuras de la obra que él se puede hacer por sus manos.

—Así es —dijo a esto el Repolido—. Pero mire vuesa merced, señor Monipodio, lo que nos ordena y manda, que se va haciendo tarde y va entrando el calor más que de paso.

—Lo que se ha de hacer —respondió Monipodio— es que todos se vayan a sus puestos, y nadie se mude hasta el domingo, que nos juntaremos en este mismo lugar y se repartirá todo lo que hubiere caído, sin agraviar a nadie. A Rinconete el Bueno y a Cortadillo se les da por distrito, hasta el domingo, desde la Torre del Oro, por de fuera de la ciudad, hasta el postigo del Alcázar, donde se puede trabajar a sentadillas con sus flores; que yo he visto a otros, de menos habilidad que ellos, salir cada día con más de veinte reales en menudos, amén de la plata, con una baraja sola, y ésa con cuatro naipes menos. Este districto os enseñará Ganchoso; y, aunque os estendáis hasta San Sebastián y San Telmo, importa poco, puesto que es justicia mera mista que nadie se entre en pertenencia de nadie.

Besáronle la mano los dos por la merced que se les hacía, y ofreciéronse a hacer su oficio bien y fielmente, con toda diligencia y recato.

Sacó, en esto, Monipodio un papel doblado de la capilla de la capa, donde estaba la lista de los cofrades, y dijo a Rinconete que pusiese allí su nombre y el de Cortadillo; mas, porque no había tintero, le dio el papel para que lo llevase, y en el primer boticario los escribiese, poniendo: Rinconete y Cortadillo, cofrades: noviciado, ninguno; Rinconete, floreo; Cortadillo, bajón"; y el día, mes y año, callando padres y patria.

Estando en esto, entró uno de los viejos avispones y dijo:

—Vengo a decir a vuesas mercedes cómo agora, topé en Gradas a Lobillo el de Málaga, y díceme que viene mejorado en su arte de tal manera, que con naipe limpio quitará el dinero al mismo Satanás; y que por venir maltratado no viene luego a registrarse y a dar la sólita obediencia; pero que el domingo será aquí sin falta.

—Siempre se me asentó a mí —dijo Monipodio— que este Lobillo había de ser único en su arte, porque tiene las mejores y más acomodadas manos para ello que se pueden desear; que, para ser uno buen oficial en su oficio, tanto ha menester los buenos instrumentos con que le ejercita, como el ingenio con que le aprende.

—También topé —dijo el viejo— en una casa de posadas, en la calle de Tintores, al Judío, en hábito de clérigo, que se ha ido a posar allí por tener noticia que dos peruleros viven en la misma casa, y querría ver si pudiese trabar juego con ellos, aunque fuese de poca cantidad, que de allí podría venir a mucha. Dice también que el domingo no faltará de la junta y dará cuenta de su persona.

—Ese Judío también —dijo Monipodio— es gran sacre y tiene gran conocimiento. Días ha que no le he visto, y no lo hace bien. Pues a fe que si no se enmienda, que yo le deshaga la corona; que no tiene más órdenes el ladrón que las tiene el turco, ni sabe más latín que mi madre. ¿Hay más de nuevo?

—No —dijo el viejo—; a lo menos que yo sepa.

—Pues sea en buen hora —dijo Monipodio—. Voacedes tomen esta miseria —y repartió entre todos hasta cuarenta reales—, y el domingo no falte nadie, que no faltará nada de lo corrido.

Todos le volvieron las gracias. Tornáronse a abrazar Repolido y la Cariharta, la Escalanta con Maniferro y la Gananciosa con Chiquiznaque, concertando que aquella noche, después de haber alzado de obra en la casa, se viesen en la de la Pipota, donde también dijo que iría Monipodio, al registro de la canasta de colar, y que luego había de ir a cumplir y borrar la partida de la miera. Abrazó a Rinconete y a Cortadillo, y, echándolos su bendición, los despidió, encargándoles que no tuviesen jamás posada cierta ni de asiento, porque así convenía a la salud de todos. Acompañólos Ganchoso hasta enseñarles sus puestos, acordándoles que no faltasen el domingo, porque, a lo que creía y pensaba, Monipodio había de leer una lición de posición acerca de las cosas concernientes a su arte. Con esto, se fue, dejando a los dos compañeros admirados de lo que habían visto.

Era Rinconete, aunque muchacho, de muy buen entendimiento, y tenía un buen natural; y, como había andado con su padre en el ejercicio de las bulas, sabía algo de buen lenguaje, y dábale gran risa pensar en los vocablos que había oído a Monipodio y a los demás de su compañía y bendita comunidad, y más cuando por decir per modum sufragii había dicho per modo de naufragio; y que sacaban el estupendo, por decir estipendio, de lo que se garbeaba; y cuando la Cariharta dijo que era Repolido como un marinero de Tarpeya y un tigre de Ocaña, por decir Hircania, con otras mil impertinencias (especialmente le cayó en gracia cuando dijo que el trabajo que había pasado en ganar los veinte y cuatro reales lo recibiese el cielo en descuento de sus pecados) a éstas y a otras peores semejantes; y, sobre todo, le admiraba la seguridad que tenían y la confianza de irse al cielo con no faltar a sus devociones, estando tan llenos de hurtos, y de homicidios y de ofensas a Dios. Y reíase de la otra buena vieja de la Pipota, que dejaba la canasta de colar hurtada, guardada en su casa y se iba a poner las candelillas de cera a las imágenes, y con ello pensaba irse al cielo calzada y vestida. No menos le suspendía la obediencia y respecto que todos tenían a Monipodio, siendo un hombre bárbaro, rústico y desalmado. Consideraba lo que había leído en su libro de memoria y los ejercicios en que todos se ocupaban. Finalmente, exageraba cuán descuidada justicia había en aquella tan famosa ciudad de Sevilla, pues casi al descubierto vivía en ella gente tan perniciosa y tan contraria a la misma naturaleza; y propuso en sí de aconsejar a su compañero no durasen mucho en aquella vida tan perdida y tan mala, tan inquieta, y tan libre y disoluta. Pero, con todo esto, llevado de sus pocos años y de su poca esperiencia, pasó con ella adelante algunos meses, en los cuales le sucedieron cosas que piden más luenga escritura; y así, se deja para otra ocasión contar su vida y milagros, con los de su maestro Monipodio, y otros sucesos de aquéllos de la infame academia, que todos serán de grande consideración y que podrán servir de ejemplo y aviso a los que las leyeren.

RINCONETE AND CORTADILLO

At the Venta or hostelry of the Mulinillo, which is situate on the confines of the renowned plain of Alcudia, and on the road from Castile to Andalusia, two striplings met by chance on one of the hottest days of summer. One of them was about fourteen or fifteen years of age; the other could not have passed his seventeenth year. Both were well formed, and of comely features, but in very ragged and tattered plight. Cloaks they had none; their breeches were of linen, and their stockings were merely those bestowed on them by Nature. It is true they boasted shoes; one of them wore alpargates[1], or rather dragged them along at his heels; the other had what might as well have been shackles for all the good they did the wearer, being rent in the uppers, and without soles. Their respective head-dresses were a montera[2] and a miserable sombrero, low in the crown and wide in the brim. On his shoulder, and crossing his breast like a scarf, one of them carried a shirt, the colour of chamois leather; the body of this garment was rolled up and thrust into one of its sleeves: the other, though travelling without incumbrance, bore on his chest what seemed a large pack, but which proved, on closer inspection, to be the remains of a starched ruff, now stiffened with grease instead of starch, and so worn and frayed that it looked like a bundle of hemp.

Within this collar, wrapped up and carefully treasured, was a pack of cards, excessively dirty, and reduced to an oval form by repeated paring of their dilapidated corners. The lads were both much burned by the sun, their hands were anything but clean, and their long nails were

1 The *alpargates* are a kind of sandal made of cord.

2 *Montera*, a low cap, without visor or front to shade the eyes.

edged with black; one had a dudgeon-dagger by his side; the other a knife with a yellow handle.

These gentlemen had selected for their siesta the porch or penthouse commonly found before a Venta; and, finding themselves opposite each other, he who appeared to be the elder said to the younger, "Of what country is your worship, noble Sir, and by what road do you propose to travel?" "What is my country, Señor Cavalier," returned the other, "I know not; nor yet which way my road lies."

"Your worship, however, does not appear to have come from heaven," rejoined the elder, "and as this is not a place wherein a man can take up his abode for good, you must, of necessity, be going further." "That is true," replied the younger; "I have, nevertheless, told you only the veritable fact; for as to my country, it is mine no more, since all that belongs to me there is a father who does not consider me his child, and a step-mother who treats me like a son-in-law. With regard to my road, it is that which chance places before me, and it will end wherever I may find some one who will give me the wherewithal to sustain this miserable life of mine."

"Is your worship acquainted with any craft?" inquired the first speaker. "With none," returned the other, "except that I can run like a hare, leap like a goat, and handle a pair of scissors with great dexterity."

"These things are all very good, useful, and profitable," rejoined the elder. "You will readily find the Sacristan of some church who will give your worship the offering-bread of All Saints' Day, for cutting him his paper flowers to decorate the Monument[3] on Holy Thursday."

"But that is not my manner of cutting," replied the younger. "My father, who, by God's mercy, is a tailor and hose maker, taught me to cut out that kind of spatterdashes properly called Polainas, which, as your worship knows, cover the fore part of the leg and come down over the instep. These I can cut out in such style, that I could pass an examination for the rank of master in the craft; but my ill luck keeps my talents in obscurity."

---

3 The Monument is a sort of temporary theatre, erected in the churches during Passion Week, and on which the passion of the Saviour is represented.

"The common lot, Señor, of able men," replied the first speaker, "for I have always heard that it is the way of the world to let the finest talents go to waste; but your worship is still at an age when this evil fortune may be remedied, and the rather since, if I mistake not, and my eyes do not deceive me, you have other advantageous qualities which it is your pleasure to keep secret." "It is true that I have such," returned the younger gentleman, "but they are not of a character to be publicly proclaimed, as your worship has very judiciously observed."

"But I," rejoined the elder, "may with confidence assure you, that I am one of the most discreet and prudent persons to be found within many a league. In order to induce your worship to open your heart and repose your faith on my honour, I will enlist your sympathies by first laying bare my own bosom; for I imagine that fate has not brought us together without some hidden purpose. Nay, I believe that we are to be true friends from this day to the end of our lives.

"I, then, Señor Hidalgo, am a native of Fuenfrida, a place very well known, indeed renowned for the illustrious travellers who are constantly passing through it. My name is Pedro del Rincon[4], my father is a person of quality, and a Minister of the Holy Crusade, since he holds the important charge of a Bulero or Buldero[5], as the vulgar call it. I was for some time his assistant in that office, and acquitted myself so well, that in all things concerning the sale of bulls I could hold my own with any man, though he had the right to consider himself the most accomplished in the profession. But one day, having placed my affections on the money produced by the bulls, rather than on the bulls themselves, I took a bag of crowns to my arms, and we two departed together for Madrid.

"In that city, such are the facilities that offer themselves, I soon gutted my bag, and left it with as many wrinkles as a bridegroom's pocket-handkerchief. The person who was charged with the collection of the

4 Peter of the Corner; *rincon* meaning a corner, or obscure nook.

5 The Spanish authorities, under the pretext of being at perpetual war with Infidels, still cause "Bulls of the Crusade," to the possession of which certain indulgences are attached, to be publicly sold in obscure villages. The product of these sales was originally expended on the wars with the Moors, but from the time when Granada fell into the hands of the Spaniards, it has been divided between the church and state. The bulls are carried about by hawkers, who are called "Buleros."—*Viardot.*

money, hastened to track my steps; I was taken, and met with but scant indulgence; only, in consideration of my youth, their worships the judges contented themselves with introducing me to the acquaintance of the whipping-post, to have the flies whisked from my shoulders for a certain time, and commanding me to abstain from revisiting the Court and Capital during a period of four years. I took the matter coolly, bent my shoulders to the operation performed at their command, and made so much haste to begin my prescribed term of exile, that I had no time to procure sumpter mules, but contented myself with selecting from my valuables such as seemed most important and useful.

"I did not fail to include this pack of cards among them,"—here the speaker exhibited that oviform specimen already mentioned—"and with these I have gained my bread among the inns and taverns between Madrid and this place, by playing at Vingt-et-un. It is true they are somewhat soiled and worn, as your worship sees; but for him who knows how to handle them, they possess a marvellous virtue, which is, that you never cut them but you find an ace at the bottom; if your worship then is acquainted with the game, you will see what an advantage it is to know for certain that you have an ace to begin with, since you may count it either for one or eleven; and so you may be pretty sure that when the stakes are laid at twenty-one, your money will be much disposed to stay at home.

"In addition to this, I have acquired the knowledge of certain mysteries regarding Lansquenet and Reversis, from the cook of an ambassador who shall be nameless,—insomuch that, even as your worship might pass as master in the cutting of spatterdashes, so could I, too, take my degrees in the art of flat-catching.

"With all these acquirements, I am tolerably sure of not dying from hunger, since, even in the most retired farm-house I come to, there is always some one to be found who will not refuse himself the recreation of a few moments at cards. We have but to make a trial where we are; let us spread the net, and it will go hard with us if some bird out of all the Muleteers standing about do not fall into it. I mean to say, that if we two begin now to play at Vingt-et-un as though we were in earnest, some one will probably desire to make a third, and, in that case, he shall be the man to leave his money behind him."

"With all my heart," replied the younger lad: "and I consider that your excellency has done me a great favour by communicating to me the history of your life. You have thereby made it impossible for me to conceal mine, and I will hasten to relate it as briefly as possible. Here it is, then:—

"I was born at Pedroso, a village situate between Salamanca and Medina del Campo. My father is a tailor, as I have said, and taught me his trade; but from cutting with the scissors I proceeded—my natural abilities coming in aid—to the cutting of purses. The dull, mean life of the village, and the unloving conduct of my mother-in-law, were besides but little to my taste. I quitted my birthplace, therefore, repaired to Toledo to exercise my art, and succeeded in it to admiration; for there is not a reliquary suspended to the dress, not a pocket, however carefully concealed, but my fingers shall probe its contents, or my scissors snip it off, though the owner were guarded by the eyes of Argus.

"During four months I spent in Toledo, I was never trapped between two doors, nor caught in the fact, nor pursued by the runners of justice, nor blown upon by an informer. It is true that, eight days ago, a double spy[6] did set forth my distinguished abilities to the Corregidor, and the latter, taking a fancy to me from his description, desired to make my acquaintance; but I am a modest youth, and do not wish to frequent the society of personages so important. Wherefore I took pains to excuse myself from visiting him, and departed in so much haste, that I, like yourself, had no time to procure sumpter-mules or small change,—nay, I could not even find a return-chaise, nor so much as a cart."

"Console yourself for these omissions," replied Pedro del Rincon; "and since we now know each other, let us drop these grand and stately airs, and confess frankly that we have not a blessed farthing between us, nor even shoes to our feet."

"Be it so," returned Diego Cortado, for so the younger boy called himself. "Be it so; and since our friendship, as your worship Señor Rincon is pleased to say, is to last our whole lives, let us begin it with

6 An *alguazil*, who, while in the service of justice, is also in that of the thieves. He betrays them, nevertheless, whenever it suits his purpose to do so:

solemn and laudable ceremonies,"—saying which, Diego rose to his feet, and embraced the Señor Rincon, who returned the compliment with equal tenderness and emotion.

They then began to play at Vingt-et-un with the cards above described, which were certainly "free from dust and straw[7]," as we say, but by no means free from grease and knavery; and after a few deals, Cortado could turn up an ace as well as Rincon his master. When things had attained this point, it chanced that a Muleteer came out at the porch, and, as Rincon had anticipated, he soon proposed to make a third in their game.

To this they willingly agreed, and in less than half an hour they had won from him twelve reals and twenty-two maravedis, which he felt as sorely as twelve stabs with a dagger and twenty-two thousand sorrows. Presuming that the young chaps would not venture to defend themselves, he thought to get back his money by force; but the two friends laying hands promptly, the one on his dudgeon dagger and the other on his yellow handled knife, gave the Muleteer so much to do, that if his companions had not hastened to assist him, he would have come badly out of the quarrel.

At that moment there chanced to pass by a company of travellers on horseback, who were going to make their siesta at the hostelry of the Alcalde, about half a league farther on. Seeing the affray between the Muleteer with two boys, they interposed, and offered to take the latter in their company to Seville, if they were going to that city.

"That is exactly where we desire to go," exclaimed Rincon, "and we will serve your worships in all that it shall please you to command." Whereupon, without more ado, they sprang before the mules, and departed with the travellers, leaving the Muleteer despoiled of his money and furious with rage, while the hostess was in great admiration of the finished education and accomplishments of the two rogues, whose dialogue she had heard from beginning to end, while they were not aware of her presence.

When the hostess told the Muleteer that she had heard the boys say the cards they played with were false, the man tore his beard for rage, and

7 "Clean from dust and straw"—*limpios de polvo y paja*—is a phrase equivalent to "free of the king's dues."

would have followed them to the other Venta, in the hope of recovering his property; for he declared it to be a serious affront, and a matter touching his honour, that two boys should have cheated a grown man like him. But his companions dissuaded him from doing what they declared would be nothing better than publishing his own folly and incapacity; and their arguments, although they did not console the Muleteer, were sufficient to make him remain where he was.

Meanwhile Cortado and Rincon displayed so much zeal and readiness in the service of the travellers, that the latter gave them a lift behind them for the greater part of the way. They might many a time have rifled the portmanteaus of their temporary masters, but did not, lest they should thereby lose the happy opportunity of seeing Seville, in which city they greatly desired to exercise their talents. Nevertheless, as they entered Seville—which they did at the hour of evening prayer, and by the gate of the custom-house, on account of the dues to be paid, and the trunks to be examined—Cortado could not refrain from making an examination, on his own account, of the valise which a Frenchman of the company carried with him on the croup of his mule. With his yellow-handled weapon, therefore, he gave it so deep and broad a wound in the side that its very entrails were exposed to view; and he dexterously drew forth two good shirts, a sun-dial, and a memorandum book, things that did not greatly please him when he had leisure to examine them. Thinking that since the Frenchman carried that valise on his own mule, it must needs contain matters of more importance than those he had captured, Cortado would fain have looked further into it, but he abstained, as it was probable that the deficiency had been already discovered, and the remaining effects secured. Before performing this feat the friends had taken leave of those who had fed them on their journey, and the following day they sold the two shirts in the old clothes' market, which is held at the gate of the Almacen or arsenal, obtaining twenty reals for their booty.

Having despatched this business, they went to see the city, and admired the great magnificence and vast size of its principal church, and the vast concourse of people on the quays, for it happened to be the season for loading the fleet. There were also six galleys on the water, at sight of which the friends could not refrain from sighing, as they thought the day might come when they should be clapped on board one of those vessels for the remainder of their lives. They remarked the large number of basket-boys, porters, &c., who went to and fro about the ships, and inquired of one among them what sort of a trade it was—whether it was very laborious—and what were the gains.

An Asturian, of whom they made the inquiry, gave answer to the effect that the trade was a very pleasant one, since they had no harbour-dues to pay, and often found themselves at the end of the day with six or seven reals in their pocket, with which they might eat, drink, and enjoy themselves like kings. Those of his calling, he said, had no need to seek a master to whom security must be given, and you could dine when and where you please, since, in the city of Seville, there is not an eating-house, however humble, where you will not find all you want at any hour of the day.

The account given by the Asturian was by no means discouraging to the two friends, neither did his calling seem amiss to them; nay, rather, it appeared to be invented for the very purpose of enabling them to exercise their own profession in secresy and safety, on account of the facilities it offered for entering houses. They consequently determined to buy such things as were required for the instant adoption of the new trade, especially as they could enter upon it without undergoing any previous scrutiny.

In reply to their further inquiries, the Asturian told them that it would be sufficient if each had a small porter's bag of linen, either new or second-hand, so it was but clean, with three palm-baskets, two large and one small, wherein to carry the meat, fish, and fruit purchased by their employers, while the bag was to be used for carrying the bread. He took them to where all these things were sold; they supplied themselves out of the plunder of the Frenchman, and in less than two hours they might have been taken for regular graduates in their new profession, so deftly did they manage their baskets, and so jauntily carry their bags. Their instructor furthermore informed them of the different places at which they were to make their appearance daily: in the morning at the shambles, and at the market of St. Salvador; on fast-days at the fish-market; every afternoon on the quay, and on Thursdays at the fair.

All these lessons the two friends carefully stored in their memory, and the following morning both repaired in good time to the market of St. Salvador. Scarcely had they arrived before they were remarked by numbers of young fellows of the trade, who soon perceived, by the shining brightness of their bags and baskets, that they were new beginners. They were assailed with a thousand questions, to all which they replied with great presence of mind and discretion. Presently up came two customers, one of whom had the appearance of a Student, the other was a Soldier; both were attracted by the clean and new appearance of their baskets; and he who seemed to be a student beckoned Cortado, while the soldier engaged Rincon. "In God's name be it[8]!" exclaimed both the novices in a breath—Rincon adding, "It is a good beginning of the trade, master, since it is your worship that is giving me my hansel." "The hansel shall not be a bad one," replied the soldier, "seeing that I have been lucky at cards of late, and am in love. I propose this day to regale the friends of my lady with a feast, and am come to buy the materials." "Load away, then, your worship," replied Rincon, "and lay on me as much as you please, for I feel courage enough to carry off the whole market; nay, if you should desire me to aid in cooking what I carry, it shall be done with all my heart."

The soldier was pleased with the boy's ready good-will, and told him that if he felt disposed to enter his service he would relieve him from the degrading office he then bore; but Rincon declared, that since this was the first day on which he had tried it, he was not willing to abandon the work so soon, or at least until he had seen what profit there was to be made of it; but if it did not suit him, he gave the gentleman his word that he would prefer the service offered him even to that of a Canon.

The soldier laughed, loaded him well, and showed him the house of his lady, bidding him observe it well that he might know it another time, so that he might be able to send him there again without being obliged to accompany him. Rincon promised fidelity and good conduct; the soldier gave him three quartos[9], and the lad returned like a shot to the market, that he might lose no opportunity by delay. Besides, he

8 This is a formula used in Spain by those who do a thing for the first time.—*Viardot.*

9 The Quarto contains four Maravedis.

had been well advised in respect of diligence by the Asturian, who had likewise told him that when he was employed to carry small fish, such as sprats, sardines, or flounders, he might very well take a few for himself and have the first taste of them, were it only to diminish his expenses of the day, but that he must do this with infinite caution and prudence, lest the confidence of the employers should be disturbed; for to maintain confidence was above all things important in their trade.

But whatever haste Rincon had made to return, he found Cortado at his post before him. The latter instantly inquired how he had got on. Rincon opened his hand and showed the three quartos; when Cortado, thrusting his arm into his bosom, drew forth a little purse which appeared to have once been of amber-coloured silk, and was not badly filled. "It was with this," said he, "that my service to his reverence the Student has been rewarded—with this and two quartos besides. Do you take it, Rincon, for fear of what may follow."

Cortado had scarcely given the purse in secret to his companion, before the Student returned in a great heat, and looking in mortal alarm. He no sooner set eyes on Cortado, than, hastening towards him, he inquired if he had by chance seen a purse with such and such marks and tokens, and which had disappeared, together with fifteen crowns in gold pieces, three double reals, and a certain number of maravedis in quartos and octavos. "Did you take it from me yourself," he added, "while I was buying in the market, with you standing beside me?"

To this Cortado replied with perfect composure, "All I can tell you of your purse is, that it cannot be lost, unless, indeed, your worship has left it in bad hands."

"That is the very thing, sinner that I am," returned the Student. "To a certainty I must have left it in bad hands, since it has been stolen from me." "I say the same," rejoined Cortado, "but there is a remedy for every misfortune excepting death. The best thing your worship can do now is to have patience, for after all it is God who has made us, and after one day there comes another. If one hour gives us wealth, another takes it away; but it may happen that the man who has stolen your purse may in time repent, and may return it to your worship, with all the interest due on the loan."

"The interest I will forgive him," exclaimed the Student; and Cortado resumed:—"There are, besides, those letters of excommunication, the Paulinas;[10] and there is also good diligence in seeking for the thief, which is the mother of success. Of a truth, Sir, I would not willingly be in the place of him who has stolen your purse; for if your worship have received any of the sacred orders, I should feel as if I had been guilty of some great crime—nay of sacrilege—in stealing from your person."

"Most certainly the thief has committed a sacrilege," replied the Student, in pitiable tones; "for although I am not in orders, but am only a Sacristan of certain nuns, yet the money in my purse was the third of the income due from a chapelry, which I had been commissioned to receive by a priest, who is one of my friends, so that the purse does, in fact, contain blessed and sacred money."

"Let him eat his sin with his bread," exclaimed Rincon at that moment; "I should be sorry to become bail for the profit he will obtain from it. There will be a day of judgment at the last, when all things will have to pass, as they say, through the holes of the colander, and it will then be known who was the scoundrel that has had the audacity to plunder and make off with the whole third of the revenue of a chapelry! But tell me, Mr. Sacristan, on your life, what is the amount of the whole yearly income?"

"Income to the devil, and you with it[11]," replied the Sacristan, with more rage than was becoming; "am I in a humour to talk to you about income? Tell me, brother, if you know anything of the purse; if not, God be with you—I must go and have it cried."

"That does not seem to me so bad a remedy," remarked Cortado; "but I warn your worship not to forget the precise description of the purse, nor the exact sum that it contains; for if you commit the error of a single mite, the money will never be suffered to appear again while the world is a world, and that you may take for a prophecy."

10 *Paulinas* are the letters of excommunication despatched by the ecclesiastical courts for the discovery of such things as are supposed to be stolen or maliciously concealed.

11 [This footnote is missing from the printed edition.]

"I am not afraid of committing any mistake in describing the purse," returned the Sacristan, "for I remember it better than I do the ringing of my bells, and I shall not commit the error of an atom." Saying this, he drew a laced handkerchief from his pocket to wipe away the perspiration which rained down his face as from an alembic; but no sooner had Cortado set eyes on the handkerchief, than he marked it for his own.

When the Sacristan had got to a certain distance, therefore, Cortado followed, and having overtaken him as he was mounting the steps of a church, he took him apart, and poured forth so interminable a string of rigmarole, all about the theft of the purse, and the prospect of recovering it, that the poor Sacristan could do nothing but listen with open mouth, unable to make head or tail of what he said, although he made him repeat it two or three times.

Cortado meanwhile continued to look fixedly into the eyes of the Sacristan, whose own were rivetted on the face of the boy, and seemed to hang, as it were, on his words. This gave Cortado an opportunity to finish his job, and having cleverly whipped the handkerchief out of the pocket, he took leave of the Sacristan, appointing to meet him in the evening at the same place, for he suspected that a certain lad of his own height and the same occupation, who was a bit of a thief, had stolen the purse, and he should be able to ascertain the fact in a few days, more or less.

Somewhat consoled by this promise, the Sacristan took his leave of Cortado, who then returned to the place where Rincon had privily witnessed all that had passed. But a little behind him stood another basket-boy, who had also seen the whole transaction; and at the moment when Cortado passed the handkerchief to Rincon, the stranger accosted the pair.

"Tell me, gallant gentlemen," said he, "are you admitted to the Mala Entrada[12], or not?"

"We do not understand your meaning, noble Sir," replied Rincon.

"How! Not entered, brave Murcians?" replied the other.

---

12 *Mala Entrada*, the evil way.

"We are neither of Murcia[13] nor of Thebes," replied Cortado. "If you have anything else to say to us, speak; if not, go your ways, and God be with you."

"Oh, your worships do not understand, don't you?" said the porter; "but I will soon make you understand, and even sup up my meaning with a silver spoon. I mean to ask you, gentlemen, are your worships thieves? But why put the question, since I see well that you are thieves; and it is rather for you to tell me how it is that you have not presented yourselves at the custom-house of the Señor Monipodio."

"Do they then pay duty on the right of thieving in this country, gallant Sir?" exclaimed Rincon.

"If they do not pay duty, at least they make them register themselves with the Señor Monipodio, who is the father, master, and protector of thieves; and I recommend you to come with me and pay your respects to him forthwith, or, if you refuse to do that, make no attempt to exercise your trade without his mark and pass-word, or it will cost you dearly."

"I thought, for my part," remarked Cortado, "that the profession of thieving was a free one, exempt from all taxes and port dues; or, at least, that if we must pay, it is something to be levied in the lump, for which we give a mortgage upon our shoulders and our necks; but since it is as you say, and every land has its customs, let us pay due respect to this of yours; we are now in the first country of the world, and without doubt the customs of the place must be in the highest degree judicious. Wherefore your worship may be pleased to conduct us to the place where this gentleman of whom you have spoken is to be found. I cannot but suppose, from what you say, that he is much honoured, of great power and influence, of very generous nature, and, above all, highly accomplished in the profession."

"Honoured, generous, and accomplished! do you say?" replied the boy: "aye, that he is; so much so, that during the four years that he has held the seat of our chief and father, only four of us have suffered at

13 In the slang dialect of Spain, *Murcian* and *Murcia*, mean thief, and the land of thieves.

Finibusterry[14]; some thirty or so, and not more, have lost leather; and but sixty-two have been lagged."

"Truly, Sir," rejoined Rincon, "all this is Hebrew to us; we know no more about it than we do of flying."

"Let us be jogging, then," replied the new-comer, "and on the way I will explain to you these and other things, which it is requisite you should know as pat as bread to mouth;" and, accordingly, he explained to them a whole vocabulary of that thieves' Latin which they call Germanesco, or Gerigonza, and which their guide used in the course of his lecture,—by no means a short one, for the distance they had to traverse was of considerable length.

On the road, Rincon said to his new acquaintance, "Does your worship happen to be a Thief?"

"Yes," replied the lad, "I have that honour, for the service of God and of all good people; but I cannot boast of being among the most distinguished, since I am as yet but in the year of my novitiate."

"It is news to me," remarked Cortado, "that there are thieves for the service of God and of good people."

"Señor," the other replied, "I don't meddle with theology; but this I know, that every one may serve God in his vocation, the more so as daddy Monipodio keeps such good order in that respect among all his children."

"His must needs be a holy and edifying command," rejoined Rincon, "since it enjoins thieves to serve God."

"It is so holy and edifying," exclaimed the stranger, "that I don't believe a better will ever be known in our trade. His orders are that we give something by way of alms out of all we steal, to buy oil for the lamp of a highly venerated image, well known in this city; and we have really seen great things result from that good work. Not many days ago, one of our cuatreros had to take three ansias for having come the Murcian over a couple of roznos, and although he was but a poor weak fellow,

14 *In finibus terræ*, that is to say, at the gallows, or garotte, which to the thief is the end of the earth and all things.

and ill of the fever to boot, he bore them all without singing out, as though they had been mere trifles. This we of the profession attribute to his particular devotion to the Virgin of the Lamp, for he was so weak, that, of his own strength, he could not have endured the first desconcierto of the hangman's wrist. But now, as I guess, you will want to know the meaning of certain words just used; I will take physic before I am sick—that is to say, give you the explanation before you ask for it.

"Be pleased to know then, gentlemen, that a cuatrero is a stealer of cattle, the ansia is the question or torture. Roznos—saving your presence—are asses, and the first desconcierto is the first turn of the cord which is given by the executioner when we are on the rack. But we do more than burn oil to the Virgin. There is not one of us who does not recite his rosary carefully, dividing it into portions for each day of the week. Many will not steal at all on a Friday, and on Saturdays we never speak to any woman who is called Mary."

"All these things fill me with admiration," replied Cortado; "but may I trouble your worship to tell me, have you no other penance than this to perform? Is there no restitution to make?"

"As to restitution," returned the other, "it is a thing not to be mentioned; besides, it would be wholly impossible, on account of the numerous portions into which things stolen have to be divided before each one of the agents and contractors has received the part due to him. When all these have had their share, the original thief would find it difficult to make restitution. Moreover, there is no one to bid us do anything of that kind, seeing that we do not go to confession. And if letters of excommunication are out against us, they rarely come to our knowledge, because we take care not to go into the churches while the priests are reading them, unless, indeed, it be on the days of Jubilee, for then we do go, on account of the vast profits we make from the crowds of people assembled on that occasion."

"And proceeding in this manner," observed Cortado, "your worships think that your lives are good and holy?"

"Certainly! for what is there bad in them?" replied the other lad! "Is it not worse to be a heretic or a renegade? or to kill your father or mother?"

"Without doubt," admitted Cortado; "but now, since our fate has decided that we are to enter this brotherhood, will your worship be pleased to step out a little, for I am dying to behold this Señor Monipodio, of whose virtues you relate such fine things."

"That wish shall soon be gratified," replied the stranger, "nay even from this place we can perceive his house: but your worships must remain at the door until I have gone in to see if he be disengaged, since these are the hours at which he gives audience."

"So be it," replied Rincon; and the thief preceding them for a short distance, they saw him enter a house which, so far from being handsome, had a very mean and wretched appearance. The two friends remained at the door to await their guide, who soon reappeared, and called to them to come in. He then bade them remain for the present in a little paved court, or patio[15], so clean and carefully rubbed that the red bricks shone as if covered with the finest vermilion. On one side of the court was a three-legged stool, before which stood a large pitcher with the lip broken off, and on the top of the pitcher was placed a small jug equally dilapidated. On the other side lay a rush mat, and in the middle was a fragment of crockery which did service as the recipient of some sweet basil.

The two boys examined these moveables attentively while awaiting the descent of the Señor Monipodio, but finding that he delayed his appearance, Rincon ventured to put his head into one of two small rooms which opened on the court. There he saw two fencing foils, and two bucklers of cork hung upon four nails; there was also a great chest, but without a lid or anything to cover it, with three rush mats extended on the floor. On the wall in face of him was pasted a figure of Our Lady—one of the coarsest of prints—and beneath it was a small basket of straw, with a little vessel of white earthenware sunk into the wall. The basket Rincon took to be a poor box, for receiving alms, and the little basin he supposed to be a receptacle for holy water, as in truth they were.

---

15 The *Patio*, familiar to all who have visited Seville, as forming the centre of the houses, and which serves in summer as the general sitting-room, so to speak, of the family.

While the friends thus waited, there came into the court two young men of some twenty years each; they were clothed as students, and were followed soon afterwards by two of the basket boys or porters, and a blind man. Neither spoke a word to the other, but all began to walk up and down in the court. No long time elapsed before there also came in two old men clothed in black serge, and with spectacles on their noses, which gave them an air of much gravity, and made them look highly respectable: each held in his hand a rosary, the beads of which made a ringing sound. Behind these men came an old woman wearing a long and ample gown, who, without uttering a word, proceeded at once to the room wherein was the figure of Our Lady. She then took holy water with the greatest devotion, placed herself on her knees before the Virgin, and after remaining there a considerable time, first kissed the soil thrice, and then rising, lifted her arms and eyes towards heaven, in which attitude she remained a certain time longer. She then dropped her alms into the little wicker case—and that done, she issued forth among the company in the patio.

Finally there were assembled in the court as many as fourteen persons of various costumes and different professions. Among the latest arrivals were two dashing and elegant youths with long moustachios, hats of immense brims, broad collars, stiffly starched, coloured stockings, garters with great bows and fringed ends, swords of a length beyond that permitted by law, and each having a pistol in his belt, with a buckler hanging on his arm. No sooner had these men entered, than they began to look askance at Rincon and Cortado, whom they were evidently surprised to see there, as persons unknown to themselves. At length the new-comers accosted the two friends, asking if they were of the brotherhood. "We are so," replied Rincon, "and the very humble servants of your worships besides."

At this moment the Señor Monipodio honoured the respectable assembly with his welcome presence. He appeared to be about five or six-and-forty years old, tall, and of dark complexion; his eyebrows met on his forehead, his black beard was very thick, and his eyes were deeply sunk in his head. He had come down in his shirt, through the opening of which was seen a hairy bosom, as rough and thick set as a forest of brushwood. Over his shoulders was thrown a serge cloak, reaching nearly to his feet, which were cased in old shoes, cut down to make slippers; his legs were covered with a kind of linen gaiters, wide and ample, which fell low upon his ankles. His hat was that worn by those of the Hampa, bell-formed in the crown, and very wide in the brim[16]. Across his breast was a leather baldric, supporting a broad, short sword of the perrillo fashion[17]. His hands were short and coarse, the fingers thick, and the nails much flattened: his legs were concealed by the gaiters, but his feet were of immoderate size, and the most clumsy form. In short, he was the coarsest and most repulsive barbarian ever beheld. With him came the conductor of the two friends; who, taking Rincon and Cortado each by a hand, presented them to Monipodio, saying, "These are the two good boys of whom I spoke to your worship, Señor Monipodio. May it please your worship to examine them, and you will see how well they are prepared to enter our brotherhood." "That I will do willingly," replied Monipodio.

But I had forgotten to say, that when Monipodio had first appeared, all those who were waiting for him, made a deep and long reverence, the two dashing cavaliers alone excepted, who did but just touch their hats, and then continued their walk up and down the court.

Monipodio also began to pace up and down the patio, and, as he did so, he questioned the new disciples as to their trade, their birthplace, and their parents. To this Rincon replied, "Our trade is sufficiently obvious, since we are here before your worship; as to our country, it does not appear to me essential to the matter in hand that we should declare it, any more than the names of our parents, since we are not now stating our qualifications for admission into some noble order of knighthood."

"What you say, my son, is true, as well as discreet," replied Monipodio; "and it is, without doubt, highly prudent to conceal those circumstances; for if things should turn out badly, there is no need to have placed upon the books of register, and under the sign manual of the justice-clerk, 'So and so, native of such a place, was hanged, or made to dance at the whipping-post, on such a day,' with other announcements of the like kind, which, to say the least of them, do not sound agreeable

16 The Braves of the Hampa were a horde of ruffians principally Andalusians; they formed a society ready to commit every species of wrong and violence.

17 The *perrillo*, or "little dog," was the mark of Julian del Rey, a noted armourer of Toledo, by birth a Morisco.

in respectable ears. Thus, I repeat, that to conceal the name and abode of your parents, and even to change your own proper appellation, are prudent measures. Between ourselves there must, nevertheless, be no concealment: for the present I will ask your names only, but these you must give me."

Rincon then told his name, and so did Cortado: whereupon Monipodio said, "Henceforward I request and desire that you, Rincon, call yourself Rinconete, and you, Cortado, Cortadillo; these being names which accord, as though made in a mould, with your age and circumstances, as well as with our ordinances, which make it needful that we should also know the names of the parents of our comrades, because it is our custom to have a certain number of masses said every year for the souls of our dead, and of the benefactors of our society; and we provide for the payment of the priests who say them, by setting apart a share of our swag for that purpose.

"These masses, thus said and paid for, are of great service to the souls aforesaid. Among our benefactors we count the Alguazil, who gives us warning; the Advocate, who defends us; the Executioner, who takes pity upon us when we have to be whipped, and the man who, when we are running along the street, and the people in full cry after us bawling 'Stop thief,' throws himself between us and our pursuers, and checks the torrent, saying, 'Let the poor wretch alone, his lot is hard enough; let him go, and his crime will be his punishment.' We also count among our benefactors the good wenches who aid us by their labours while we are in prison, or at the galleys; our fathers, and the mothers who brought us into the world; and, finally, we take care to include the Clerk of the Court, for if he befriend us, there is no crime which he will not find means to reduce to a slight fault, and no fault which he does not prevent from being punished. For all these our brotherhood causes the sanctimonies (ceremonies) I have named to be solecised (solemnised) every year, with all possible grandiloquence.

"Certainly," replied Rinconete (now confirmed in that name), "certainly that is a good work, and entirely worthy of the lofty and profound genius with which we have heard that you, Señor Monipodio, are endowed. Our parents still enjoy life; but should they precede us to the tomb, we will instantly give notice of that circumstance to this happy and highly esteemed fraternity, to the end that you may have 'sanctimonies solecised' for their souls, as your worship is pleased to say, with the customary 'grandiloquence.'"

"And so shall it be done," returned Monipodio, "if there be but a piece of me left alive to look to it."

He then called their conductor, saying, "Hallo! There, Ganchuelo[18]! Is the watch set?" "Yes," replied the boy; "three sentinels are on guard, and there is no fear of a surprise." "Let us return to business, then," said Monipodio. "I would fain know from you, my sons, what you are able to do, that I may assign you an employment in conformity with your inclinations and accomplishments."

"I," replied Rinconete, "know a trick or two to gammon a bumpkin; I am not a bad hand at hiding what a pal has prigged; I have a good eye for a gudgeon; I play well at most games of cards, and have all the best turns of the pasteboard at my finger ends; I have cut my eye teeth, and am about as easy to lay hold of as a hedgehog; I can creep through a cat-hole or down a chimney, as I would enter the door of my father's house; and will muster a million of tricks better than I could marshal a regiment of soldiers; and flabbergast the knowingest cove a deal sooner than pay back a loan of two reals."

"These are certainly the rudiments," admitted Monipodio, "but all such things are no better than old lavender flowers, so completely worn out of all savour that there is not a novice who may not boast of being a master in them. They are good for nothing but to catch simpletons who are stupid enough to run their heads against the church steeple; but time will do much for you, and we must talk further together. On the foundation already laid you shall have half a dozen lessons; and I then trust in God that you will turn out a famous craftsman, and even, mayhap, a master."

"My abilities shall always be at your service, and that of the gentlemen who are our comrades," replied Rinconete; and Monipodio then turned towards Cortadillo.

18 *Ganchuelo* is the diminutive of *gancho*, a crimp.

"And you, Cortadillo, what may you be good for?" he inquired; to which Cortadillo replied, "For my part I know the trick called 'put in two, and take out five,' and I can dive to the bottom of a pocket with great precision and dexterity." "Do you know nothing more?" continued Monipodio. "Alas, no, for my sins, that is all I can do," admitted Cortadillo, "Do not afflict yourself, nevertheless," said the master; "you are arrived at a good port, where you will not be drowned, and you enter a school in which you can hardly fail to learn all that is requisite for your future welfare. And now as to courage: how do you feel yourselves provided in that respect, my children?" "How should we be provided," returned Rinconete, "but well and amply? We have courage enough to attempt whatever may be demanded in our art and profession." "But I would have you to possess a share of that sort which would enable you to suffer as well as to dare," replied Monipodio, "which would carry you, if need were, through a good half dozen of ansias without opening your lips, and without once saying 'This mouth is mine.'" "We already know what the ansias are, Señor Monipodio," replied Cortadillo, "and are prepared for all; since we are not so ignorant but that we know very well, that what the tongue says, the throat must pay for; and great is the grace heaven bestows on the bold man (not to give him a different name), in making his life or death depend upon the discretion of his tongue, as though there were more letters in a No than an Aye."

"Halt there, my son; you need say no more," exclaimed Monipodio at this point of the discourse. "The words you have just uttered suffice to convince, oblige, persuade, and constrain me at once to admit you both to full brotherhood, and dispense with your passing through the year of novitiate."

"I also am of that opinion," said one of the gaily-dressed Bravos; and this was the unanimous feeling of the whole assembly. They therefore requested that Monipodio would immediately grant the new brethren the enjoyment of all the immunities of their confraternity, seeing that their good mien and judicious discourse proved them to be entirely deserving of that distinction.

Monipodio replied, that, to satisfy the wishes of all, he at once conferred on those new-comers all the privileges desired, but he exhorted the recipients to remember that they were to hold the favour in high esteem, since it was a very great one: consisting in the exemption from payment of the media anata, or tax levied on the first theft they should commit, and rendering them free of all the inferior occupations of their office for the entire year. They were not obliged, that is to say, to bear messages to a brother of higher grade, whether in prison or at his own residence. They were permitted to drink their wine without water, and to make a feast when and where they pleased, without first demanding permission of their principal. They were, furthermore, to enter at once on a full share of whatever was brought in by the superior brethren, as one of themselves—with many other privileges, which the new comers accepted as most signal favours, and on the possession of which they were felicitated by all present, in the most polite and complimentary terms.

While these pleasing ceremonies were in course of being exchanged, a boy ran in, panting for breath, and cried out, "The Alguazil of the vagabonds is coming direct to the house, but he has none of the Marshalsea men with him."

"Let no one disturb himself," said Monipodio. "This is a friend; never does he come here for our injury. Calm your anxiety, and I will go out to speak with him." At these words all resumed their self-possession, for they had been considerably alarmed; and Monipodio went forth to the door of his house, where he found the Alguazil, with whom he remained some minutes in conversation, and then returned to the company. "Who was on guard to-day," he asked, "in the market of San Salvador?" "I was," replied the conductor of our two friends, the estimable Ganchuelo. "You!" replied Monipodio. "How then does it happen that you have not given notice of an amber-coloured purse which has gone astray there this morning, and has carried with it fifteen crowns in gold, two double reals, and I know not how many quartos?"

"It is true," replied Ganchuelo, "that this purse has disappeared, but it was not I took it, nor can I imagine who has done so." "Let there be no tricks with me," exclaimed Monipodio; "the purse must be found, since the Alguazil demands it, and he is a friend who finds means to do us a thousand services in the course of the year." The youth again swore that he knew nothing about it, while Monipodio's choler began to rise, and in a moment flames seemed to dart from his eyes. "Let none of you dare," he shouted, "to venture on infringing the most important rule of our order, for he who does so shall pay for it with his life. Let the purse be found, and if any one has been concealing it to avoid paying the dues, let him now give it up. I will make good to him all that he would have been entitled to, and out of my own pocket too; for, come what may, the Alguazil must not be suffered to depart without satisfaction." But Ganchuelo could do no more than repeat, with all manner of oaths and imprecations, that he had neither taken the purse, nor ever set eyes on it.

All this did but lay fuel on the flame of Monipodio's anger, and the entire assembly partook of his emotions; the honourable members perceiving that their statutes were violated, and their wise ordinances infringed. Seeing, therefore, that the confusion and alarm had now got to such a height, Rinconete began to think it time to allay it, and to calm the anger of his superior, who was bursting with rage. He took counsel for a moment with Cortadillo, and receiving his assent, drew forth the purse of the Sacristan, saying:—

"Let all questions cease, gentlemen: here is the purse, from which nothing is missing that the Alguazil has described, since my comrade Cortadillo prigged it this very day, with a pocket-handkerchief into the bargain, which he borrowed from the same owner." Thereupon Cortadillo produced the handkerchief before the assembled company.

Seeing this, Monipodio exclaimed "Cortadillo the Good! for by that title and surname shall you henceforward be distinguished. Keep the handkerchief, and I take it upon myself to pay you duly for this service; as to the purse, the Alguazil must carry it away just as it is, for it belongs to a Sacristan who happens to be his relation, and we must make good in his case the proverb, which says, 'To him who gives thee the entire bird, thou canst well afford a drumstick of the same.' This good Alguazil can save us from more mischief in one day than we can do him good in a hundred."

All the brotherhood with one voice approved the spirit and gentlemanly proceeding of the two new comers, as well as the judgment and decision of their superior, who went out to restore the purse to the Alguazil. As to Cortadillo, he was confirmed in his title of the Good, much as if the matter had concerned a Don Alonzo Perez de Guzman, surnamed the Good, who from the walls of Tarifa threw down to his enemy the dagger that was to destroy the life of his only son[19].

When Monipodio returned to the assembly he was accompanied by two girls, with rouged faces, lips reddened with carmine, and necks plastered with white. They wore short camlet cloaks, and exhibited airs of the utmost freedom and boldness. At the first glance Rinconete and Cortadillo could see what was the profession of these women. They had no sooner entered, than they hurried with open arms, the one to Chiquiznaque, the other to Maniferro; these were the two bravos, one of whom bore the latter name because he had an iron hand, in place of one of his own, which had been cut off by the hand of justice. These two men embraced the girls with great glee, and inquired if they had brought the wherewithal to moisten their throats. "How could we think of neglecting that, old blade!" replied one of the girls, who was called Ganànciosa[20]. "Silvatillo, your scout, will be here before long with the clothes-basket, crammed with whatever good luck has sent us."

And true it was; for an instant afterwards, a boy entered with a clothes-basket covered with a sheet.

The whole company renewed their rejoicings on the arrival of Silvatillo, and Monipodio instantly ordered that one of the mats should be brought from the neighbouring chamber, and laid out in the centre of the court. Furthermore he commanded that all the brotherhood

19 Our readers will perceive that this relates to the atrocity committed by the Infant Don Juan of Castille, who, while in revolt against his brother, Sancho IV., appeared before the city of Tarifa with an army, chiefly composed of Mahometans; finding the infant son of the governor, Don Alonzo Perez de Guzman, at nurse in a neighbouring village, he took the child, and bearing him to the foot of the walls, called on Guzman to surrender the place on pain of seeing his infant slaughtered before his eyes in case of refusal. The only reply vouchsafed by Don Alonzo was the horrible one alluded to in the text. He detached his own dagger from its belt, and threw it to Don Juan, when the sanguinary monster, far from respecting the fidelity of his opponent, seized the weapon, and pierced the babe to the heart as he had threatened to do This anecdote is related, with certain variations, in Conde, "La Dominacion de los Arabes en Espana."—See English Translation, vol. III.

20 The winner.

should take places around it, in order that while they were taking the wrinkles out of their stomachs, they might talk about business.

To this proposal the old woman, who had been kneeling before the image, replied, "Monipodio, my son, I am not in the humour to keep festival this morning, for during the last two days I have had a giddiness and pain in my head, that go near to make me mad; I must, besides, be at our Lady of the Waters before mid-day strikes, having to accomplish my devotions and offer my candles there, as well as at the crucifix of St. Augustin; for I would not fail to do either, even though it were to snow all day and blow a hurricane. What I came here for is to tell you, that last night the Renegade and Centipede brought to my house a basket somewhat larger than that now before us; it was as full as it could hold of fine linen, and, on my life and soul, it was still wet and covered with soap, just as they had taken it from under the nose of the washerwoman, so that the poor fellows were perspiring and breathless beneath its weight. It would have melted your heart to see them as they came in, with the water streaming from their faces, and they as red as a couple of cherubs. They told me, besides, that they were in pursuit of a cattle-dealer, who had just had some sheep weighed at the slaughter-house, and they were then hastening off to see if they could not contrive to grab a great cat[21] which the dealer carried with him. They could not, therefore, spare time to count the linen, or take it out of the basket but they relied on the rectitude of my conscience; and so may God grant my honest desires, and preserve us all from the power of justice, as these fingers have refrained from touching the basket, which is as full as the day it was born."

"We cannot doubt it, good mother," replied Monipodio. "Let the basket remain where it is; I will come at nightfall to fetch it away, and will then ascertain the quantity and quality of its contents, giving to every one the portion, due to him, faithfully and truly, as it is my habit to do."

"Let it be as you shall command," rejoined the old woman; "and now, as it is getting late, give me something to drink, if you have it there—something that will comfort this miserable stomach, which is almost famishing for want."

---

21 A large purse made of cat-skin.

"That you shall have, and enough of it, mother," exclaimed Escalanta, the companion of Gananciosa; and, uncovering the basket, she displayed a great leather bottle, containing at least two arrobas[22] of wine, with a cup made of cork, in which you might comfortably carry off an azumbre[23], or honest half-gallon of the same. This Escalanta now filled, and placed it in the hands of the devout old woman, who took it in both her own, and, having blown away a little froth from the surface, she said,—

"You have poured out a large quantity, Escalanta, my daughter; but God will give me strength." Whereupon, without once taking breath, and at one draught, she poured the whole from the cup down her throat. "It is real Guadalcanal[24]," said the old woman, when she had taken breath; "and yet it has just a tiny smack of the gypsum. God comfort you, my daughter, as you have comforted me; I am only afraid that the wine may do me some mischief, seeing that I have not yet broken my fast."

"No, mother; it will do nothing of the kind," returned Monipodio, "for it is three years old at the least."

"May the Virgin grant that I find it so," replied the old woman. Then turning to the girls, "See, children," she said "whether you have not a few maravedis to buy the candles for my offerings of devotion. I came away in so much haste, to bring the news of the basket of linen, that I forgot my purse, and left it at home."

"Yes, Dame Pipota,"—such was the name of the old woman,—"I have some," replied Gananciosa; "here are two cuartos for you, and with one of them I beg you to buy a candle for me, which you will offer in my name to the Señor St. Michael, or if you can get two with the money, you may place the other at the altar of the Señor St. Blas, for those two are my patron-saints. I also wish to give one to the Señora Santa Lucia, for whom I have a great devotion, on account of the

22 The *arroba* holds about thirty-two pints.

23 The *azumbre* is two quarts.

24 A favourite wine, grown on the shore of the Manzanares.

eyes[25]; but I have no more change to-day, so it must be put off till another time, when I will square accounts with all."

"And you will do well, daughter," replied the old woman. "Don't be niggard, mind. It is a good thing to carry one's own candles before one dies, and not to wait until they are offered by the heirs and executors of our testament."

"You speak excellently, Mother Pipota," said Escalanta; and, putting her hand into her pocket, she drew forth a cuarto, which she gave the old woman, requesting her to buy two candles for her likewise, and offer them to such saints as she considered the most useful and the most likely to be grateful. With this old Pipota departed, saying,

"Enjoy yourselves, my dears, now while you have time, for old age will come and you will then weep for the moments you may have lost in your youth, as I do now. Commend me to God in your prayers, and I will remember you, as well as myself, in mine, that he may keep us all, and preserve us in this dangerous trade of ours from all the terrors of justice." These words concluded, the old woman went her way.

Dame Pipota having disappeared, all seated themselves round the mat, which Ganànciosa covered with the sheet in place of a table-cloth. The first thing she drew from the basket was an immense bunch of radishes; this was followed by a couple of dozens or more of oranges and lemons; then came a great earthen pan filled with slices of fried ling, half a Dutch cheese, a bottle of excellent olives, a plate of shrimps, and a large dish of craw-fish, with their appropriate sauce of capers, drowned in pepper-vinegar: three loaves of the whitest bread from Gandul completed the collation. The number of guests at this breakfast was fourteen, and not one of them failed to produce his yellow-handled knife, Rinconete alone excepted, who drew his dudgeon dagger instead. The two old men in serge gowns, and the lad who had been the guide of the two friends, were charged with the office of cupbearers, pouring the wine from the bottle into the cork cup.

25 The Virgin Martyr, Santa Lucia, had her eyes burnt out of her head, and is regarded, in the Catholic Church, as particularly powerful in the cure of all diseases of the eyes. She is usually represented as bearing her eyes on a salver, which she holds in her hand.

But scarcely had the guests taken their places, before they were all startled, and sprang up in haste at the, sound of repeated knocks at the door. Bidding them remain quiet, Monipodio went into one of the lower rooms, unhooked a buckler, took his sword in his hand, and, going to the door, inquired, in a rough and threatening voice, "Who is there?"

"All right Señor! it is I, Tagarote[26], on sentry this morning," replied a voice from without. "I come to tell you that Juliana de Cariharta[27] is coming, with her hair all about her face, and crying her eyes out, as though some great misfortune had happened to her."

He had scarcely spoken when the girl he had named came sobbing to the door, which Monipodio opened for her, commanding Tagarote to return to his post; and ordering him, moreover, to make less noise and uproar when he should next bring notice of what was going forward,—a command to which the boy promised attention.

Cariharta, a girl of the same class and profession with those already in presence, had meanwhile entered the court, her hair streaming in the wind, her eyes swollen with tears, and her face covered with contusions and bruises. She had no sooner got into the Patio, than she fell to the ground in a fainting fit. Gananciosa and Escalanta[28] sprang to her assistance, unfastened her dress, and found her breast and shoulders blackened and covered with marks of violence. After they had thrown water on her face, she soon came to herself, crying out as she did so, "The justice of God and the king on that shameless thief, that cowardly cut-purse, and dirty scoundrel, whom I have saved from the gibbet more times than he has hairs in his beard. Alas! Unhappy creature that I am! See for what I have squandered my youth, and spent the flower of my days! For an unnatural, worthless, and incorrigible villain!"

"Recover yourself, and be calm, Cariharta," said Monipodio; "I am here to render justice to you and to all. Tell me your cause of complaint, and you shall be longer in relating the story than I will be in taking

26 The quill-driver.

27 Fat-face, puff-cheeks, or any other term describing fulness of face, in the least complimentary manner.

28 The clamberer.

vengeance. Let me know if anything has happened between you and your respeto[29]; and if you desire to be well and duly avenged. You have but to open your mouth."

"Protector!" exclaimed the girl. "What kind of a protector is he? It were better for me to be protected in hell than to remain any longer with that lion among sheep, and sheep among men! Will I ever eat again with him at the same table, or live under the same roof? Rather would I give this flesh of mine, which he has put into the state you shall see, to be devoured alive by raging beasts." So saying, she pulled up her petticoats to her knees, and even a little higher, and showed the wheals with which she was covered. "That's the way," she cried, "that I have been treated by that ungrateful Repolido[30], who owes more to me than to the mother that bore him.

"And why do you suppose he has done this? Do you think I have given him any cause?—no, truly. His only reason for serving me so was, that being at play and losing his money, he sent Cabrillas, his scout, to me for thirty reals, and I could only send him twenty-four. May the pains and troubles with which I earned them be counted to me by heaven in remission of my sins! But in return for this civility and kindness, fancying that I had kept back part of what he chose to think I had got, the blackguard lured me out to the fields this morning, beyond the king's garden, and there, having stripped me among the olive trees, he took off his belt, not even removing the iron buckle—oh that I may see him clapped in irons and chains!—And with that he gave me such an unmerciful flogging, that he left me for dead; and that's a true story, as the marks you see bear witness."

Here Cariharta once more set up her pipes and craved for justice, which was again promised to her by Monipodio and all the bravos present.

The Gananciosa then tried her hand at consoling the victim; saying to her, among other things—"I would freely give my best gown that my fancy man had done as much by me; for I would have you know, sister

29 Protector, or more exactly "bully,"—to defend and uphold in acts of fraud and violence.

30 Dandy.

Cariharta, if you don't know it yet, that he who loves best thrashes best; and when these scoundrels whack us and kick us, it is then they most devoutly adore us. Tell me now, on our life, after having beaten and abused you, did not Repolido make much of you, and give you more than one caress?"

"More than one!" replied the weeping girl; "he gave me more than a hundred thousand, and would have given a finger off his hand if I would only have gone with him to his posada; nay, I even think that the tears were almost starting from his eyes after he had leathered me."

"Not a doubt of it," replied Ganançiosa; "and he would weep now to see the state he has put you into: for men like him have scarcely committed the fault before repentance begins. You will see, sister, if he does not come here to look for you before we leave the place; and see if he does not beg you to forgive what has passed, and behave to you as meek and as humble as a lamb."

"By my faith," observed Monipodio, "the cowardly ruffian shall not enter these doors until he has made full reparation for the offence he has committed. How dare he lay a hand on poor Cariharta, who for cleanliness and industry is a match for Ganançiosa herself, and that is saying everything."

"Alas! Señor Monipodio," replied Juliana, "please do not speak too severely of the miserable fellow; for, hard as he is, I cannot but love him as I do the very folds of my heart; and the words spoken in his behalf by my friend Ganançiosa have restored the soul to my body. Of a truth, if I consulted only my own wishes, I should go this moment and look for him."

"No, no," replied Ganançiosa, "you shall not do so by my counsel; for to do that would make him proud; he would think too much of himself, and would make experiments upon you as on a dead body. Keep quiet, sister, and in a short time you will see him here repentant, as I have said; and if not, we will write verses on him that shall make him roar with rage."

"Let us write by all means," returned Juliana, "for I have a thousand things to say to him."

"And I will be your secretary, if need be," rejoined Monipodio, "for although I am no poet, yet a man has but to tuck up the sleeves of his shirt, set well to work, and he may turn off a couple of thousand verses in the snapping of a pair of scissors. Besides, if the rhymes should not come so readily as one might wish, I have a friend close by, a barber, who is a great poet, and will trim up the ends of the verses at an hour's notice. At present, however, let us go finish our repast; all the rest can be done afterwards."

Juliana was not unwilling to obey her superior, so they all fell to again at the O-be-joyful with so much goodwill that they soon saw the bottom of the basket and the dregs of the great leather bottle. The old ones drank *sine fine*, the younger men to their hearts' content, and the ladies till they could drink no more. When all was consumed, the two old men begged permission to take their leave, which Monipodio allowed them to do, but charged them to return punctually, for the purpose of reporting all they should see or hear that could be useful to the brotherhood; they assured him they would by no means fail in their duty, and then departed.

After these gentlemen had left the company, Rinconete, who was of a very inquiring disposition, begged leave to ask Monipodio in what way two persons so old, grave, and formal as those he had just seen, could be of service to their community. Monipodio replied, that such were called "Hornets" in their jargon, and that their office was to poke about all parts of the city, spying out such places as might be eligible for attempts to be afterwards made in the night-time. "They watch people who receive money from the bank or treasury," said he, "observe where they go with it, and, if possible, the very place in which it is deposited. When this is done, they make themselves acquainted with the thickness of the walls, marking out the spot where we may most conveniently make our *guzpataros*, which are the holes whereby we contrive to force an entrance. In a word, these persons are among the most useful of the brotherhood: and they receive a fifth of all that the community obtains by their intervention, as his majesty does, on treasure trove. They are, moreover, men of singular integrity and rectitude. They lead a respectable life, and enjoy a good reputation, fearing God and regarding the voice of their consciences, insomuch that not a day passes over their heads in which they have not heard mass with extraordinary devotion. There are, indeed, some of them so conscientious, that they content themselves with even less than by our rules would be their due. Those just gone are of this number. We have two others, whose trade it is to remove furniture; and as they are daily employed in the conveyance of articles for persons who are changing their abode, they know all the ins and outs of every house in the city, and can tell exactly where we may hope for profit and where not."

"That is all admirable," replied Rinconete, "and greatly do I desire to be of some use to so noble a confraternity."

"Heaven is always ready to favour commendable desires," replied Monipodio.

While the two were thus discoursing, a knock was heard at the door, and Monipodio went to see who might be there. "Open, Sor[31] Monipodio—open," said a voice without; "it is I, Repolido."

Cariharta hearing this voice, began to lift up her own to heaven, and cried out, "Don't open the door, Señor Monipodio; don't let in that Tarpeian mariner—that tiger of Ocaña[32]."

Monipodio opened the door, nevertheless, in despite of her cries; when Cariharta, starting to her feet, hurried away, and hid herself in the room where the bucklers were hung up. There, bolting the door, she bawled from her refuge, "Drive out that black-visaged coward, that murderer of innocents, that white-livered terror of house-lambs, who durst not look a man in the face."

Repolido was meanwhile kept back by Maniferro and Chiquiznaque, as he struggled with all his might to get into the room where Cariharta was hidden. But when he saw that to be impossible, he called to her from without, "Come, come, let us have done with this, my little sulky; by your life, let us have peace, as you would wish to be married."

---

31 *Sor* the contraction of Señor.

32 "Ocaña" is a city at no great distance from Madrid; and if the lady has placed her tiger there, instead of in Hyrcania, as she doubtless intended, it is of course because her emotions had troubled her memory. The "Tarpeian mariner" is a fine phrase surely, but its meaning is not very clear.

"Married!" retorted the lady, "married to you too! Don't you wish you may get it? See what kind of a string he's playing on now. I would rather be married to a dead notomy." "Oh, bother!" exclaimed Repolido; "let us have done with this, for it is getting late; take care of being too much puffed up at hearing me speak so gently, and seeing me so meek; for, by the light of heaven, if my rage should get steeple-high, the relapse will be worse than the first fit. Come down from your stilts, let us all have done with our *tantrums*, and not give the devil a dinner."

"I will give him a supper to boot, if he will take you from my sight to some place where I may never set eyes on you more," exclaimed the gentle Juliana from within.

"Haven't I told you once to beware, Madame Hemp-sack? By the powers, I suspect I must serve out something to you by the dozen, though I make no charge for it."

Here Monipodio interposed: "In my presence," he said, "there shall be no violence. Cariharta will come out, not for your threats, but for my sake, and all will go well. Quarrels between people who love each other are but the cause of greater joy and pleasure when peace is once made. Listen to me, Juliana, my daughter; listen to me, my Cariharta. Come out to us, for the love of your friend Monipodio, and I will make Repolido beg your pardon on his knees."

"Ah! if he will do that," exclaimed Escalanta, "we shall then be all on his side, and will entreat Juliana to come out."

"If I am asked to beg pardon in a sense of submission that would dishonour my person," replied Repolido, "an army of lansquenets would not make me consent; but if it be merely in the way of doing pleasure to Cariharta, I do not say merely that I would go on my knees, but I would drive a nail into my forehead to do her service."

At these words Chiquiznaque and Maniferro began to laugh, and Repolido, who thought they were making game of him, cried out in a transport of rage, "Whoever shall laugh or think of laughing at anything whatsoever that may pass between Cariharta and myself, I say that he lies, and that he will have lied every time he shall laugh or think of laughing."

Hearing this, Chiquiznaque and Maniferro looked at each other and scowled so sternly, that Monipodio saw things were likely to come to a crisis unless he prevented it. Throwing himself, therefore, into the midst of the group, he cried out, "No more of this, gentlemen! have done with all big words; grind them up between your teeth; and since those that have been said do not reach to the belt, let no one here apply them to himself."

"We are very sure," replied Chiquiznaque, "that such admonitions neither have been nor will be uttered for our benefit; otherwise, or if it should be imagined that they were addressed to us, the tambourine is in hands that would well know how to beat it."

"We also, Sor Chiquiznaque, have our drum of Biscay," retorted Repolido, "and, in case of need, can make the bells as well as another. I have already said, that whoever jests in our matters is a liar: and whoever thinks otherwise, let him follow me; with a palm's length of my sword I will show him that what is said is said." Having uttered these words, Repolido turned towards the outer door, and proceeded to leave the place.

Cariharta had meanwhile been listening to all this, and when she found that Repolido was departing in anger, she rushed out, screaming, "Hold him, hold him,—don't let him go, or he will be showing us some more of his handiwork; can't you see that he is angry? and he is a Judas Macarelo in the matter of bravery. Come here, Hector of the world and of my eyes!" With these words, Cariharta threw herself upon the retiring bravo, and held him with all her force by his cloak. Monipodio lent her his aid, and between them they contrived to detain him.

Chiquiznaque and Maniferro, undetermined whether to resume the dispute or not, stood waiting apart to see what Repolido would do, and the latter perceiving himself to be in the hands of Monipodio and Cariharta, exclaimed, "Friends should never annoy friends, nor make game of friends, more especially when they see that friends are vexed."

"There is not a friend here," replied Maniferro, "who has any desire to vex a friend; and since we are all friends, let us give each other the hand like friends." "Your worships have all spoken like good friends," added Monipodio, "and as such friends should do; now finish by giving each other your hands like true friends."

All obeyed instantly, whereupon Escalanta, whipping off her cork-soled clog, began to play upon it as if it had been a tambourine. Gananciosa, in her turn, caught up a broom, and, scratching the rushes with her fingers, drew forth a sound which, if not soft or sweet, yet agreed very well with the beating of the slipper. Monipodio then broke a plate, the two fragments of which he rattled together in such fashion as to make a very praiseworthy accompaniment to the slipper and the broom.

Rinconete and Cortadillo stood in much admiration of that new invention of the broom, for up to that time they had seen nothing like it. Maniferro perceived their amazement, and said to them, "The broom awakens your admiration,—and well it may, since a more convenient kind of instrument was never invented in this world, nor one more readily formed, or less costly. Upon my life, I heard a student the other day affirm, that neither the man who fetched his wife out of hell—Negrofeo, Ogrofeo, or what was he called—nor that Marion who got upon a dolphin, and came out of the sea like a man riding on a hired mule—nor even that other great musician who built a city with a hundred gates and as many posterns—never a one of them invented an instrument half so easy of acquirement, so ready to the touch, so pleasing and simple as to its frets, keys, and chords, and so far from troublesome in the tuning and keeping in accord; and by all the saints, they swear that it was invented by a gallant of this very city, a perfect Hector in matters of music."

"I fully believe all you say," replied Rinconete, "but let us listen, for our musicians are about to sing. Gananciosa is blowing her nose, which is a certain sign that she means to sing."

And she was, in fact, preparing to do so. Monipodio had requested her to give the company some of the Seguidillas most in vogue at the moment. But the first to begin was Escalanta, who sang as follows, in a thin squeaking voice:—

"For a boy of Sevilla,
Red as a Dutchman,
All my heart's in flame."

To which Gananciosa replied, taking up the measure as she best might—

"For the little brown lad,
With a good bright eye,
Who would not lose her name?"

Then Monipodio, making great haste to perform a symphony with his pieces of platter, struck in—

"Two lovers dear, fall out and fight,
But soon, to make their peace, take leisure;
And all the greater was the row,
So much the greater is the pleasure."

But Cariharta had no mind to enjoy her recovered happiness in silence and fingering another clog, she also entered the dance, joining her voice to those of her friends, in the following words—

"Pause, angry lad! and do not beat me more,
For 'tis thine own dear flesh that thou dost baste,
If thou but well consider, and—"

"Fair and soft," exclaimed Repolido, at that moment, "give us no old stories, there's no good in that. Let bygones be bygones! Choose another gait, girl; we've had enough of that one."

The canticle, for a moment interrupted by these words, was about to recommence, and would not, apparently, have soon come to an end, had not the performers been disturbed by violent knocks at the door. Monipodio hastened to see who was there, and found one of his sentinels, who informed him that at the end of the street was the alcalde of criminal justice, with the little Piebald and the Kestrel (two catchpolls, who were called neutral, since they did the community of robbers neither good nor harm), marching before him.

The joyous company within heard the report of their scout, and were in a terrible fright. Escalanta and Cariharta put on their clogs in great haste, Gananciosa threw down her broom, and Monipodio his broken plate, every instrument sinking at once into silence. Chiquiznaque lost his joyous grin, and stood dumb as a fish; Repolido trembled with fear, and Maniferro looked pale with anxiety. But these various demonstrations were exhibited only for a moment,—in the next, all that goodly brotherhood had disappeared. Some rushed across a kind of terrace, and gained another court; others clambered over the roof, and so passed into a neighbouring alley. Never did the sound of a fowling piece, or a sudden peal of thunder, more effectually disperse a flock of careless pigeons, than did the news of the alcalde's arrival that select company assembled in the house of the Señor Monipodio. Rinconete and Cortadillo, not knowing whither to flee, stood in their places waiting to see what would be the end of that sudden storm, which finished simply enough by the return of the sentinel, who came to say that the alcalde had passed through the whole length of the street without seeming to have any troublesome suspicions respecting them, or even appearing to think of their house at all.

While Monipodio was in the act of receiving this last report, there came to the door a gentleman in the prime of youth, and dressed in the half-rustic manner suitable to the morning, or to one residing in the country. Monipodio caused this person to enter the house with himself; he then sent to look for Chiquiznaque, Repolido, and Maniferro, with orders that they should come forth from their hiding places, but that such others as might be with them should remain where they were.

Rinconete and Cortadillo having remained in the court, could hear all the conversation which took place between Monipodio and the gentleman who had just arrived, and who began by inquiring how it happened that the job he had ordered had been so badly done. At this point of the colloquy, Chiquiznaque appeared, and Monipodio asked him if he had accomplished the work with which he had been entrusted—namely, the knife-slash of fourteen stitches.[33]

"Which of them was it," inquired Chiquiznaque, "that of the merchant at the Cross-ways?" "Exactly," replied the gentleman. "Then I'll tell you how the matter went," responded the bravo. "Last night, as I watched before the very door of his house, and the man appeared just before to the ringing of the Ave Maria, I got near him, and took the measure of his face with my eyes; but I perceived it was so small that it was impossible, totally impossible, to find room in it for a cut

33 "At that time," remarks Viardot, "while wounds were still sewed up by the surgeons, the importance or extent of the cut made was estimated by the number of the stitches."

of fourteen stitches. So that, perceiving myself unable to fulfil my destructions"—"Instructions you mean," said the gentleman;—"Well, well, instructions if you will," admitted Chiquiznaque,—"seeing that I could not find room for the number of stitches I had to make, because of the narrowness, I say, and want of space in the visage of the merchant, I gave the cut to a lacquey he had with him, to the end that I might not have my journey for nothing; and certainly his allowance may pass for one of the best quality."

"I would rather you had given the master a cut of seven stitches than the servant one of fourteen," remarked the gentleman. "You have not fulfilled the promise made me, but the thirty ducats which I gave you as earnest money, will be no great loss." This said, he saluted the two ruffians and turned to depart, but Monipodio detained him by the cloak of mixed cloth which he wore on his shoulders, saying: "Be pleased to stop, Señor cavalier, and fulfil your promise, since we have kept our word with strict honour and to great advantage. Twenty ducats are still wanting to our bargain, and your worship shall not go from this place until you have paid them, or left us something of equal value in pledge."

"Do you call this keeping your word," said the gentleman, "making a cut on the servant when you should have made it on the master?"

"How well his worship understands the business," remarked Chiquiznaque. "One can easily see that he does not remember the proverb which says: 'He who loves Beltran, loves his dog likewise.'"

"But what has this proverb to do with the matter?" inquired the gentleman.

"Why, is it not the same thing as to say, 'He who loves Beltran ill, loves his dog ill too?' Now the master is Beltran, whom you love ill, and the servant is his dog; thus in giving the cut to the dog I have given it to Beltran, and our part of the agreement is fulfilled; the work has been properly done, and nothing remains but to pay for it on the spot and without further delay."

"That is just what I am ready to swear to," cried Monipodio; "and you, friend Chiquiznaque, have taken all that you have said from my mouth; wherefore let not your worship, Señor gallant, be making difficulties out of trifles with your friends and servants. Take my advice and pay us what is our due. After that, if your worship would like to have another cut given to the master, of as many stitches as the space can contain, consider that they are already sewing up the wound."

"If it be so," said the gentleman, "I will very willingly pay the whole sum."

"Make no more doubt of it than of my being a good Christian, for Chiquiznaque will set the mark on his face so neatly, that he shall seem to have been born with it."

"On this promise, then, and with this assurance," replied the gentleman, "receive this chain in pledge for the twenty ducats before agreed on, and for forty other ducats which I will give you for the cut that is to come. The chain weighs a thousand reals, and it may chance to remain with you altogether, as I have an idea that I shall want fourteen stitches more before long."

Saying this, he took a chain from his neck, and put it into the hands of Monipodio, who found immediately by the weight and touch that it was not gold made by the chemist, but the true metal. He received it accordingly with great pleasure and much courtesy, for Monipodio was particularly well-bred. The execution of the work to be done for it was committed to Chiquiznaque, who declared that it should be delayed no longer than till the arrival of night. The gentleman then departed, well satisfied with his bargain.

Monipodio now summoned the confraternity from the hiding places into which their terror had driven them. When all had entered, he placed himself in the midst of them, drew forth a memorandum book from the hood of his cloak, and as he himself could not read, he handed it to Rinconete, who opened it, and read as follows:—

"Memoranda of the cuts to be given this week.

"The first is to the merchant at the Cross-ways, and is worth fifty crowns, thirty of which have been received on account. *Secutor*[34], Chiquiznaque.

"I believe there are no others, my son," said Monipodio; "go on and look for the place where it is written, 'Memoranda of blows with a cudgel.'"

34 *Secutor* for executor.

Rinconete turned to that heading, and found under it this entry:—"To the keeper of the pot-house called the Trefoil, twelve blows, to be laid on in the best style, at a crown a-piece, eight of which crowns have been received; time of execution, within six days. Secutor, Maniferro."

"That article may be scratched out of the account," remarked Maniferro, "for to-night I shall give the gentleman his due."

"Is there not another, my son?" asked Monipodio.

"There is," replied Rinconete, and he read as follows:—

"To the hunch-backed Tailor, called by the nick-name Silguero[35], six blows of the best sort for the lady whom he compelled to leave her necklace in pledge with him. Secutor, the Desmochado[36]."

"I am surprised to find this article still on the account," observed Monipodio, "seeing that two days have elapsed since it ought to have been taken off the book; and yet the secutor has not done his work. Desmochado must be indisposed."

"I met him yesterday," said Maniferro. "He is not ill himself, but the Hunchback has been so, and being confined to the house on that account, the Desmochado has been unable to encounter him."

"I make no doubt of it," rejoined Monipodio, "for I consider the Desmochado to be so good a workman, that but for some such reasonable impediment he would certainly before this have finished a job of much greater importance. Is there any more, my boy?" "No, Señor," replied Rinconete. "Turn over, then, till you find the 'Memorandum of miscellaneous damages.'"

Rinconete found the page inscribed "Memorandum of miscellaneous damages," namely, Radomagos[37], greasing with oil of juniper, clapping

35 The goldfinch.

36 The lop-eared, or mutilated; alluding, generally, to losses suffered at the hands of justice.

37 *Radomagos*, phials or bottles of ink, vitriol, and other injurious matters, cast on the face, person, or clothes.

on sanbenitos[38] and horns, false alarms, threatened stabbings, befoolings, *calomels*[39], &c. &c.

"What do you find lower down?" inquired Monipodio. "I find, 'Greasing with oil of juniper at the house in—'" "Don't read the place or name of the house," interrupted Monipodio, "for we know where it is, and I am myself the tuautem and secutor of this trifling matter; four crowns have already been given on account, and the total is eight." "That is exactly what is here written," replied Rinconete. "A little lower down," continued the boy, "I find, 'Horns to be attached to the house—'" "Read neither the name nor the place where," interrupted Monipodio. "It is quite enough that we offer this outrage to the people in question; we need not make it public in our community, for that would be an unnecessary load on your consciences. I would rather nail a hundred horns, and as many sanbenitos, on a man's door, provided I were paid for my work, than once tell that I had done so, were it to the mother that bore me." "The executor of this is Nariqueta[40]," resumed Rinconete. "It is already done and paid for," said Monipodio; "see if there be not something else, for if my memory is not at fault, there ought to be a fright of the value of twenty crowns. One half the money has already been paid, and the work is to be done by the whole community, the time within which it is to come off being all the current month. Nor will we fail in our duty; the commission shall be fulfilled to the very letter without missing a tilde[41], and it will be one of the finest things that has been executed in this city for many years. Give me the book, boy, I know there is nothing more, and it is certain that business is very slack with us just now; but times will mend, and we shall perhaps have more to do than we want. There is not a leaf on the tree that moves without the will of God, and we cannot force people to avenge themselves, whether they will or not. Besides, many a man has the habit of being brave in his own cause, and does not care to pay for the execution of work which he can do as well with his own hands."

38 Most of our readers will remember that the "sanbenito" is the long coat or robe, painted over with flames, which is worn by heretics whom the Inquisition has condemned and given over to the civil power.

39 *Calomels*, for calumnies

40 The flat-nose.

41 The *tilde* is the mark placed over the Spanish letter n, as in Señor.

"That is true," said Repolido; "but will your worship, Señor Monipodio, see what you have for us to do, as it is getting late, and the heat is coming on at more than a foot-pace."

"What you have now to do is this," rejoined Monipodio: "Every one is to return to his post of the week, and is not to change it until Sunday. We will then meet here again, and make the distribution of all that shall have come in, without defrauding any one. To Rinconete and Cortadillo I assign for their district, until Sunday, from the Tower of Gold, all without the city, and to the postern of the Alcazar, where they can work with their fine flowers[42]. I have known those who were much less clever than they appear to be, come home daily with more than twenty reals in small money, to say nothing of silver, all made with a single pack, and that four cards short. Ganchuelo will show them the limits of their district, and even though they should extend it as far as to San Sebastian, or Santelmo, there will be no great harm done, although it is perhaps of more equal justice that none should enter on the domain of another."

The two boys kissed his hand in acknowledgment of the favour he was doing them; and promised to perform their parts zealously and faithfully, and with all possible caution and prudence.

Monipodio then drew from the hood of his cloak a folded paper, on which was the list of the brotherhood, desiring Rinconete to inscribe his name thereon, with that of Cortadillo; but as there was no escritoire in the place, he gave them the paper to take with them, bidding them enter the first apothecary's shop they could find, and there write what was needful: "Rinconete, and Cortadillo," namely, "comrades; novitiate, none; Rinconete, a florist; Cortadillo, a bassoon-player[43]." To this was to be added the year, month, and day, but not the parents or birthplace.

At this moment one of the old hornets came in and said, "I come to tell your worships that I have just now met on the steps, Lobillo[44] of Malaga, who tells me that he has made such progress in his art as to

42 Tricks of cheatery at cards.

43 Cutpurse.

44 The wolf-cub.

be capable of cheating Satan himself out of his money, if he have but clean cards. He is so ragged and out of condition at this moment, that he dares not instantly make his appearance to register himself, and pay his respects as usual, but will be here without fail on Sunday."

"I have always been convinced," said Monipodio, "that Lobillo would some day become supereminent in his art, for he has the best hands for the purpose that have ever been seen; and to be a good workman in his trade, a man should be possessed of good tools, as well as capacity for learning."

"I have also met the Jew," returned the hornet; "he wears the garb of a priest, and is at a tavern in the Street of the Dyers, because he has learned that two Peruleros[45] are now stopping there. He wishes to try if he cannot do business with them, even though it should be but in a trifling way to begin; for from small endeavours often come great achievements. He, too, will be here on Sunday, and will then give an account of himself."

"The Jew is a keen hawk too," observed Monipodio, "but it is long since I have set eyes on him, and he does not do well in staying away, for, by my faith, if he do not mend, I will cut his crown for him. The scoundrel has received orders as much as the Grand Turk, and knows no more Latin than my grandmother. Have you anything further to report?"

The old man replied that he had not. "Very well," said Monipodio; "Take this trifle among you," distributing at the same time some forty reals among those assembled, "and do not fail to be here on Sunday, when there shall be nothing wanting of the booty." All returned him thanks. Repolido and Cariharta embraced each other; so did Maniferro and Escalanta, and Chiquiznaque and Gananciosa; and all agreed that they would meet that same evening, when they left off work at the house of Dame Pipota, whither Monipodio likewise promised to repair, for the examination of the linen announced in the morning, before he went to his job with the juniper oil.

The master finally embraced Rinconete and Cortadillo, giving them his benediction; he then dismissed them, exhorting them to have no

45 For Peruvians, which the American merchants were then called.

fixed dwelling or known habitation, since that was a precaution most important to the safety of all. Ganchuelo accompanied the friends for the purpose of guiding them to their districts, and pointing out the limits thereof. He warned them on no account to miss the assembly on Sunday, when it seemed that Monipodio intended to give them a lecture on matters concerning their profession. That done, the lad went away, leaving the two novices in great astonishment at all they had seen.

Now Rinconete, although very young, had a good understanding, and much intelligence. Having often accompanied his father in the sale of his bulls, he had acquired the knowledge of a more refined language than that they had just been hearing, and laughed with all his heart as he recalled the expressions used by Monipodio, and the other members of the respectable community they had entered. He was especially entertained by the solecising sanctimonies; and by Cariharta calling Repolido a Tarpeian Mariner, and a Tiger of Ocaña. He was also mightily edified by the expectation of Cariharta that the pains she had taken to earn the twenty-four reals would be accepted in heaven as a set-off against her sins, and was amazed to see with what security they all counted on going to heaven by means of the devotions they performed, notwithstanding the many thefts, homicides, and other offences against God and their neighbour which they were daily committing. The boy laughed too with all his heart, as he thought of the good old woman Pipota, who suffered the basket of stolen linen to be concealed in her house, and then went to place her little wax candles before the images of the saints, expecting thereby to enter heaven full dressed in her mantle and clogs.

But he was most surprised at the respect and deference which all these people paid to Monipodio, whom he saw to be nothing better than a coarse and brutal barbarian. He recalled the various entries which he had read in the singular memorandum-book of the burly thief, and thought over all the various occupations in which that goodly company was hourly engaged. Pondering all these things, he could not but marvel at the carelessness with which justice was administered in that renowned city of Seville, since such pernicious hordes and inhuman ruffians were permitted to live there almost openly.

He determined to dissuade his companion from continuing long in such a reprobate course of life. Nevertheless, led away by his extreme youth, and want of experience, he remained with these people for some months, during which there happened to him adventures which would require much writing to detail them; wherefore I propose to remit the description of his life and adventures to some other occasion, when I will also relate those of his master, Monipodio, with other circumstances connected with the members of that infamous academy, which may serve as warnings to those who read them.

Libros que puedes encontrar en Ediciones[74]

Narrativa[74]

1-*Drácula*, Bram Stoker (castellano e inglés)
2-*Las aventuras de Tom Sawyer*, Mark Twain (castellano e inglés)
3-*Orgullo y prejuicio,* Jane Austen (castellano e inglés)
4-*Cumbres borrascosas*, Emily Brontë (castellano e inglés)
5-*Hamlet*, William Shakespeare (castellano e inglés)
6-*Bienvenidos al paraíso*, Rubén Fresneda Romera
7-*La divina comedia*, Dante Dalighieri
-*La divina comedia: Infierno*
-*La divina comedia: Purgatorio*
-*La divina comedia: Paraíso*
8-*Frankenstein*, Mary Shelley (castellano e inglés)
9-*El Dr. Jekyll y Mr. Hide*, Robert Louis Stevenson (cast. e inglés)
10-*El elixir de la larga vida*, Honoré de Balzac
11-*Un yanqui en la corte del Rey Arturo*, Mark Twain
12-*La isla del tesoro*, Robert Louis Stevenson (castellano e inglés)
13-*Emma*, Jane Austen (castellano e inglés)
14-*La leyenda de Sleepy Hollow*, Washington Irving (cast. e inglés)
15-*Las 11.000 vergas*, Guillaume Appollinaire (cast. y francés)
16-*Romeo y Julieta*, William Shakespeare (castellano e inglés)
17-*Madame Bovary*, Gustave Flaubert (cast. y francés)
18-*Las aventuras de Robinson Crusoe*, Daniel Defoe (cast. e inglés)
19-*El arte de las putas*, Nicolás Fernández de Moratín
20-*Gracias y desgracias del ojo del culo*, Francisco Quevedo
21-*Memorias de una pulga*, Anónimo
22-*El jardín de Venus*, Félix María Samaniego
23-*Las 120 jornadas de Sodoma*, Marqués de Sade
24-*La flecha negra*, Robert Louis Stevenson (castellano e inglés)
25-*El diablo y el relojero*, Daniel Defoe (castellano e inglés)
26-*Sentido y sensibilidad*, Jane Austen (castellano e inglés)
27-*La Ilíada*, Homero (castellano e inglés)
28-*Alicia en el país de las maravillas*, Lewis Carroll (cast. e inglés)
29-*Los viajes de Gulliver,* Jonathan Swift (castellano e inglés)
30-*La Odisea*, Homero (castellano e inglés)
31-*La calavera que gritaba,* Francis Marion Crawford
32-*Los buscadores de tesoros*, Washington Irving
33-*Rip Van Winkle*, Washington Irving (castellano e inglés)

34-*A través del espejo y lo que Alicia encontró allí,* Lewis Carroll
35-*Las aventuras de Huckleberry Finn,* Mark Twain (cast. e inglés)

Alicia en el país de las maravillas y A través del espejo y lo que Alicia encontró allí, Lewis Carroll (castellano e inglés)

Ensayos[74]

1-*El origen de las especies*, Charles Darwin (castellano e inglés)
2-*Pintura, cuestiones y recursos*, Rubén Fresneda Romera
3-*Los caminos para el éxito*, Aureliano Abenza y Rodríguez
4-*El arte de la guerra*, Sun Tzu
5-*Viaje de un naturalista alrededor del mundo*, Charles Darwin

Biblioteca Arthur Conan Doyle

1-*Estudio escarlata* (castellano e inglés)
2-*El sabueso de los Baskerville* (castellano e inglés)
3-*El signo de los cuatro* (castellano e inglés)
4-*Las aventuras de Sherlock Holmes* (castellano e inglés)
-*Escándalo en Bohemia* (castellano e inglés)
-*La liga de los pelirrojos* (castellano e inglés)
-*Un caso de identidad* (castellano e inglés)
-*El misterio de Boscombe Valley* (castellano e inglés)
-*Las cinco semillas de naranja* (castellano e inglés)
-*El hombre del labio retorcido* (castellano e inglés)
-*El carbunclo azul* (castellano e inglés)
-*La banda de lunares* (castellano e inglés)
-*El dedo pulgar del ingeniero* (castellano e inglés)
-*El aristócrata solterón* (castellano e inglés)
-*La corona de Berilos* (castellano e inglés)
-*El misterio de Cooper Beeches* (castellano e inglés)
5-*El mundo perdido* (castellano e inglés)

Biblioteca Franz Kafka

1-*La metamorfosis*
2-*Ante la ley* (sólo ebook)
3-*El silencio de las sirenas* (sólo ebook)
4-*El viejo manuscrito* (sólo ebook)
5-*Un mensaje imperial* (sólo ebook)
6-*El escudo de la ciudad* (sólo ebook)
7-*Preocupaciones de un padre de familia* (sólo ebook)
8-*Un golpe a la puerta del cortijo* (sólo ebook)

Biblioteca Julio Verne

1-*De la Tierra a la Luna* (castellano e inglés)
2-*La vuelta al mundo en 80 días* (castellano e inglés)
3-*20.000 leguas de viaje submarino* (castellano e inglés)
4-*Viaje alrededor de la luna* (castellano e inglés)
5-*Cinco semanas en globo* (castellano e inglés)
6-*Viaje al centro de la Tierra* (castellano e inglés)
7-*La ciudad flotante*
8-*Miguel Strogoff* (castellano e inglés)
9-*El castillo de los Cárpatos*
10-*En el siglo XXIX: la jornada de un periodista americano en el 2889*

Biblioteca Charles Dickens

1-*Historias de fantasmas*
2-*Cuento de Navidad* (castellano e inglés)
3-*El manuscrito de un loco*
4-*Grandes esperanzas* (castellano e inglés)

Biblioteca Oscar Wilde

1-*El retrato de Dorian Gray* (castellano e inglés)
2-*El fantasma de Canterville* (castellano e inglés)
3-*El crimen de Lord Arthur Saville* (castellano e inglés)
4-*Intenciones* (castellano e inglés)
-*La decadencia de la mentira* (castellano e inglés)
-*Pluma, lápiz y veneno* (castellano e inglés)
-*El crítico artista* (castellano e inglés)
-*La verdad sobre las máscaras* (castellano e inglés)
5-*El retrato de Mr. W.H.* (castellano e inglés)
6-*La esfinge sin secreto*
7-*El abanico de Lady Windermere*
8-*De profundis* (castellano e inglés)
9-*El millonario modelo* (castellano e inglés)
10-*El príncipe feliz* (castellano e inglés)

El fantasma de Canterville y otras historias (castellano e inglés)
El crimen de Lord Arthur Saville y otras historias (cast. e inglés)

Biblioteca Edgar Allan Poe

Edgar Allan Poe. Cuentos Volumen I
1-*El poder de las palabras* (castellano e inglés)
2-*El corazón delator* (castellano e inglés)

3-*El retrato ovalado* (castellano e inglés)
4-*El gato negro* (castellano e inglés)
5-*El escarabajo de oro* (castellano e inglés)
6-*La conversación de Eiros y Charmion* (castellano e inglés)
7-*Los hechos en el caso de M. Valdemar* (castellano e inglés)
8-*El hundimiento de la Casa Usher* (castellano e inglés)
9-*Los crímenes de la calle Morgue* (castellano e inglés)
10-*El cottage de Landor* (castellano e inglés)
11-*El demonio de la perversidad* (castellano e inglés)
12-*El diablo en el campanario* (castellano e inglés)
13-*El entierro prematuro* (castellano e inglés)
14-*Manuscrito hallado en una botella* (castellano e inglés)
15-*La máscara de la muerte roja* (castellano e inglés)

Edgar Allan Poe. Cuentos Volumen II

16-*Coloquio entre monos y una* (castellano e inglés)
17-El barril del Amontillado (castellano e inglés)
18-El hombre de la multitud (castellano e inglés)
19-El misterio de Marie Roget (castellano e inglés)
20-El pozo y el péndulo (castellano e inglés)
21-Ligeia (castellano e inglés)
22-Metzengerstein (castellano e inglés)
23-Morella (castellano e inglés)
24-Revelación mesmérica (castellano e inglés)
25-Un descenso al Maelström (castellano e inglés)
26-*La incomparable aventura de un tal Hans Pfaall* (cast. e inglés)
27-*Una historia de las montañas Ragged* (castellano e inglés)
28-*El cajón oblongo* (castellano e inglés)
29-*William Wilson* (castellano e inglés)
30-*La carta robada* (castellano e inglés)

Los crímenes de la calle morgue y otras historias (cast. e inglés)
El gato negro y otras historias (castellano e inglés)
El corazón delator y otras historias (castellano e inglés)

Biblioteca Blasco Ibáñez

1-*Arroz y tartana*

Filosofía[74]

1-*La República,* Platón

Biblioteca Clásicos bilingües (castellano-inglés)

Narrativa[74]

Hamlet/The tragedy of Hamlet, prince of Denmark
Frankenstein/Frankenstein or the modern Prometheus
El Dr. Jekyll y Mr. Hide/The strange case of Dr Jekyll and Mr. Hyde
La leyenda de Sleepy Hollow/The legend of Sleepy Hollow
Romeo y Julieta/Romeo and Juliet
La isla del tesoro/The tresaure island
Las aventuras de Robinson Crusoe/The adventures of Robinson Crusoe
Alicia en el país de las maravillas/Alice in wonderland
Rip Van Winkle
A través del espejo y lo que Alicia encontró allí/Through the looking-glass and what Alice found there

Ensayos[74]

El origen de las especies/The origin of species

Biblioteca Arthur Conan Doyle

Estudio escarlata/A study in scarlet
El sabueso de los Baskerville/The hound of the Baskerville's
El signo de los cuatro/The sign of the four
Las aventuras de Sherlock Holmes/The adventures of Sherlock Holmes
-Escándalo en Bohemia/A scandal in Bohemia
-La liga de los pelirrojos/The Red-headed league
-Un caso de identidad/A identity case
-El misterio de Boscombe Valley/The Boscombe Valley mistery
-Las cinco semillas de naranja/A five orange pips
-El hombre del labio retorcido/The man with twisted lip
-El carbunclo azul/The adventures of the blue carbuncle
-La banda de lunares/The adventure of the speckled band
-El dedo pulgar del ingeniero/The adventure of the Engineer's Thumb
-El aristócrata solterón/The adventure of the Noble Bachelor
-La corona de Berilos/The adventure of the Beryl Coronet
-El misterio de Cooper Beeches/The adventure of Cooper Beeches
El mundo perdido/The lost world

Biblioteca Julio Verne

De la Tierra la Luna/From the Earth to the Moon
La vuelta al mundo en 80 días/Around the world in eighty days
Viaje alrededor de la luna/Around the Moon
Cinco semanas en globo/Five weeks in a balloon
Viaje al centro de la Tierra/Journey to the center of the Earth

Biblioteca Charles Dickens

Cuento de navidad/A Christmas carol

Biblioteca Oscar Wilde

El fantasma de Canterville/The Canterville ghost
El crimen de Lord Arthur Savile/Lord Arthur Savile's crime
El crítico artista/The critic as artist
La decadencia de la mentira/The decay of lie

Biblioteca Edgar Allan Poe

El poder de las palabras/The power of words
El corazón delator/The tell-tale heart
El retrato ovalado/The oval portrait
El gato negro/The black cat
El escarabajo de oro/The gold bug
La conversación de Eiros y Charmion/The conversation of Eiros and Charmion
Los hechos en el caso de M. Valdemar/The facts in the Valdemar's case
El hundimiento de la casa Usher/The fall of the House of Usher
Los crímenes de la calle Morgue/The muders in the Rue Morgue
El cottage de landor/Landor's cottage
El demonio de la perversidad/The Imp of the perverse
El diablo en el campanario/The devil in the belfry
El entierro prematuro/The premature burial
Manuscrito hallado en una botella/ MS. found in a bottle
La máscara de la muerte roja/The mask of the red death
Coloquio entre Monos and Una/The COlloquy of Monos and Una
El barril de amontillado/The cask of amontillado
El hombre de la multitud/The man of the crowd
El misterio de Marie Roget/The mistery of Marie Roget
El pozo y el péndulo/The pit and the pendulum
Ligeia

Metzengerstein
Morella
Revelación mesmérica/Mesmeric revelation
Un descenso al Maelström/A descent into the Maelström
La incomparable aventura de un tal Hans Pfaall/The unpararalleled adventure of one Hans Pfaall
Una historia de las montañas Ragged/A tale of Ragged mountains
El cajón oblongo/The oblong box
William Wilson
La carta robada/The purloined letter

En francés

Les onze mille verges, Guillaume Apollinaire
Madame Bovary, Gustave Flaubert
De la Terre à la lune, Jules Verne
Vingt mille lieues sous le mers, Jules Verne
Autour de la lune, Jules Verne
Cinq semaines en ballon, Jules Verne
Voyage au centre de la Terre, Jules Verne
Une ville flottante, Jules Verne
Michel Strogoff, Jules Verne

Edición bilingüe (castellano-francés)
De la Tierra a la luna/De la Terre à la lune
20.000 leguas de viaje submarino/ Vingt mille lieues sous le mers
Viaje alrededor de la luna/Autour de la lune
Cinco semanas en globo/Cinq semaines en ballon
Viaje al centro de la Tierra/Voyage au centre de la Terre
La ciudad flotante/Une ville flottante
Miguel Strogoff/Michel Strogoff

Edición bilingüe (inglés-francés)
From the Earth to the moon/De la Terre à la lune
Around the moon/Autour de la lune
Five weeks in a balloon/Cinq semaines en ballon
Journey to the center of the Earth/Voyage au centre de la Terre

Printed in Germany
by Amazon Distribution
GmbH, Leipzig